청담동 살아요, 돈은 없지만

청담동 살아요, 돈은 없지만

**청담 사는
소시민의
부자 동네 관찰기**

시드니 지음

섬타임즈

청담동 살아요, 돈은 없지만

© 시드니, 2024

초판 1쇄 발행 2024년 11월 29일

펴낸 곳   섬타임즈
펴낸이   이애경
편집   이안
디자인   박은정

출판등록   제651-2020-000041호
주소   제주시 노형4길 23
이메일   sometimesjeju@gmail.com
인스타그램   sometimes.books

ISBN   979-11-985203-4-0 03810

함께라면 겨울도 봄이란 걸
알려준 은형 언니에게

일러두기

☞ 본문에 나오는 인물명과 건물명 중 일부는 개인정보 보호를 위해 이니셜 또는 가명으로 표기했습니다.

☞ 148쪽에 수록된 보아의 <Better>는 'KOMCA 승인필' 되었습니다.

평생 타인의 눈에 띄고 싶었는데
이곳에 살면서 눈에 띄지 않고 싶어졌다.

이 동네에서 스며들어 살아가는 게
얼마나 어려운 일인지 하루하루 체감 중에
이 글을 썼다.

놀라지 마세요,
저 청담동 살아요

제발 사람들이 초면에 묻지 말았으면 하는 게 있다. 사실 이 질문은 무례하기 짝이 없다. 묻는 사람 입장에서는 상대를 이해하고 파악하기 위함이겠지만 질문을 받는 사람에게는 말하고 싶지 않은 개인정보일 수 있으니까.

　안타깝게도 학교나 사회에서 만난 사람들은 호구 조사를 하지 않으면 소통이 불가능하다는 듯 이렇게 묻고야 만다.

　"집이 어디세요?"

이 문장이 들리는 순간, 나는 머리를 긁적이며 입술을 오므린다. 음… 잠시 생각이 나지 않는다는 듯 고개를 갸웃거리다 시선을 바닥으로 떨군 뒤 조심스럽게 입을 연다. 수줍은 입김과 함께 내 입술이 세 음절을 뱉은 순간, 상대방은 얼굴의 모든 구멍을 열어젖히며 방금 내가 말한 단어를 힘껏 외친다.

"청담동이요?!"

그렇다. 나는 청담동에 산다. 우리나라 최고의 부촌. 유명 연예인은 물론 성공한 운동선수들, 기업인들이 사는 그곳.

유명인이 살기만 할 뿐이랴. 청담사거리 교차로에 우뚝 솟은 버버리부터 샤넬, 디올 등 최고급 명품 브랜드 숍이 기차놀이 하듯 나란히 서 있다. 명품 거리 안쪽 골목으로 조금만 들어가면 한 끼에 20만 원이 넘는 파인다이닝 레스토랑들이 굽이굽이 걸쳐 있다. 그곳에서 온몸에 명품을 휘두른 채 우아하게 칼질하는 사람들. 청담동의 평범한 풍경이다.

그런데 밑단이 다 풀어진 구제 청바지에 어깨가 도 드라지는 후줄근한 티셔츠를 입고 다니는 내가 청담동 주민이라니. 다들 인지 부조화가 생길 수밖에.

처음 청담역 부근에 이사 왔을 땐 설렜다. 집 밖으로 한 발짝만 나가면 TV에 나왔던 유명 맛집과 핫플이 있으니. 게다가 사는 곳을 말했을 때 돌아오는 사람들 반응이 듣기 좋았다.

"청담 살아요? 우와!"

타인의 감탄에 괜히 어깨가 올라가곤 했다. 하지만 찰나의 우쭐함 뒤에 따라오는 건 자괴감이었다. 사실 나는 사람들이 생각하는 '청담동 사람'이 아니다. 401번 버스를 타고 강남구청 앞 정류장에 내리면 알 수 없는 공허함이 몰려왔다.

'내가 이 동네에 맞는 사람일까? 한 동짜리 아파트에 세입자로 사는 내가, 주행거리 10만 킬로미터가 넘은 국산 차를 타는 내가 이 동네와 어울릴까?'

결혼하고 나서도 이런 생각이 기저에 자리 잡고 있

었지만 딱히 동네 사람들과 접점이 없어서 큰 변화 없이 살았다. 그런데 아이를 낳고 나니 상황이 180도 바뀌었다. 아이는 커갈수록 놀이터, 어린이집으로 활동 영역을 넓혀갔고, 나는 아이를 따라 청담동 주민들을 만나야 했다.

동네 사람들을 만나면서 손바닥만 했던 두려움은 눈덩이처럼 점점 더 불어났다. 그들과 대화를 하다 나의 자산 상태나 여유롭지 못한 생활 수준이 드러날까 조심스러웠다.

결론적으로 모든 건 기우였다. 오고 가며 만나는 동네 사람들 중 어느 누구도 나를 두렵게 하지 않았다. 나를 두렵게 하는 건 그저 나 자신이었다. 청담에 살면서 단 한 명도 집이 자가인지 세입자인지 물어보지 않았다. 내가 들고 나간 핸드백, 내 목에 걸린 목걸이에 대해 아무도 관심을 갖지 않았다. 그들은 내가 어떤 운동을 하는지, 쉬는 시간에 뭘 하는지 물었다. 평소 어디서 몰입하는지 궁금해했고 글을 쓴다고 하면 신기해했다. 이상하네. 이런 사람들이 청담동 사람들이라고?

의문스러운 마음에 나는 그들을 관찰하기 시작했다.

'어쩌면 청담동 사람들은 내가 생각하는 것과 완전히 다를지도 몰라!'

이런 가설을 가지고 천천히 주변을 둘러보며 글을 썼다. 무심코 들어선 가게, 매일 드나드는 길목, 우연 또는 필연으로 만나는 사람들을 유심히 관찰하며 일상을 기록했다.

최대한 솔직하게 글을 썼지만 한편으로는 나의 형편과 치부를 드러내는 것 같아 부끄럽고 무섭기도 하다. 이런 나에게 큰 용기를 주고 이 책이 세상에 나올 수 있게 출간 제안을 해주신 섬타임즈 이애경 대표님께 감사의 말을 건넨다. 이 책을 준비하는 도중에 '제11회 브런치북 출판 프로젝트 대상'에 당선되었는데, 내가 당선되었다는 사실보다 신진작가를 발굴하는 대표님의 선견지명에 더 놀랐다. 작가 시드니의 두 번째 책이지만 처음으로 출간 제안을 받은 책이라 심정적으로 더 애틋하다. 뒤죽박죽 복잡했던 원고를 한 방향으로 가도록 잡아주신 편집자님, 원고가 더 잘 살아나도록 디자인해주신 디자이너님 등 이 책을 제작하는 데 공들여주신 많은 분들께도 감사 인사를 드린다.

무엇보다 이 책은 내 글을 관심있게 지켜보고 기다려주신 많은 독자님들 덕분에 나올 수 있었다. 브런치에 연재한 〈청담동은 명품을 안 입는다〉는 브런치 누적 조회수 100만을 훌쩍 넘겼다. 그만큼 많은 독자들에게 관심과 사랑을 받았고, 독자들의 퍼나르기와 공감, 댓글이 아니었다면 이 책을 다 채울 힘을 얻지 못했을 거다. 다시 한번 독자분들에게 무한한 감사의 마음을 전한다.

　　브런치 계정에 올라온 글은 이 책의 4분의 1 수준이다. 나머지 원고 또한 정성들여 썼으니 재밌고 의미있게 읽어주시면 감사할 것 같다.

　　그럼 이만 각설하고 우왕좌왕 시드니의 우당탕탕 청담동 적응기, 지금부터 시작합니다.

시드니

차례

PART2 청담동은 드러내지 않는다

PART3 청담동에는 왜 독립서점이 없을까

PART4 부자 동네에서 잘 숨어 사는 법

PART1

나는 수상한
이웃들과 산다

하버드에서 온 편지

이웃들이 수상하다.

평범한 척하는데 하나도 안 평범하다.

우편함에는 다양한 우편물이 꽂힌다. 대부분은 아파트 관리비나 주민세 등 정기적으로 날아오는 고지서다. 대체적으로 예측 가능한 것들이지만 가끔은 모르는 발신자가 보낸 우편물을 받을 때도 있다. 내가 사소히 흘렸거나 나도 모르게 동의해버린 정보로 인해 날아온 편지들. 때론 마케팅성 편지와 기한이 적힌 고지서 때문에 우편함 앞에서 무력감이나 초조함을 느끼곤 한다. 그럼에도 우편물로 인해 놀라는 일은 잘 없다. 내 이름 세 글자가 적힌 종이는 어쨌든 내가 예상할 수 있는 범주 안에 있었으니까.

어느 날, 하버드대학교에서 편지가 왔다. 정확히 말하면 이사 오고 일주일 정도 후였나. 두꺼운 우편물이 우편함 입구를 꽉 채우고 있었다. 반송 처리를 했던 백화점 쿠폰북인가 싶어 꺼내 보니 발신자에 '하버드대학교'라고 영어로 쓰여 있었다.

'하버드? 내가 아는 그 하버드인가?' 싶었지만 국제우편이라고 하기엔 상태가 너무 깨끗해서 수원 병점동 하버드 노인대학에서 온 편지 정도로 여기고 바로 반송함에 꽂았다.

몇 주 지나서 또 하버드대학교에서 편지가 왔다. 요즘은 반송함에 넣으면 더 이상 편지가 안 오는데 노인대학의 시스템 처리가 상당히 미숙하다는 생각이 들었다.

반송함에 넣으려다 수신자를 확인했다. 편지 하단에 'Mr. Kim'으로 시작하는 풀네임이 적혀 있었다. 아마도 내가 이사 오기 전 우리 집에 살았던 사람인 듯했다. 얼핏 집 구경을 할 때 얼굴을 봤는데 동네에서 흔히 보이는 안경 쓰고 배 나온 소박한 아저씨였다.

이사를 하다 보면 전 세입자와 우편물이 겹치는 시기가 있으니 한두 번은 이해해야겠다는 생각에 편지를 다시 반송함에 넣었다. 두 번 넣었으니 이젠 안 오겠지. 우편물이 한 번 더 오면 부동산을 통해 불편한 의사를 전달할 생각이었다. 이것저것 날아오는 고지서도 많은데 남의 이름이 적힌 우편물까지 들고 확인할 여유는 없었으니까.

두 번째로 반송함에 넣은 뒤에는 한동안 조용했다. 그래, 역시 한국에 있는 대학이 맞았을 거야. 두 번 정도 보내면 보통 처리가 되니까.

이런 생각이 안일했다는 듯 얼마 후 또 하버드대학교에서 편지가 왔다. 이제는 슬슬 화가 나기 시작했다. 하버드 노인대학에도 화가 났지만 이사 후 배송지 처리를 깔끔하게 하지 않은 Mr. Kim에게도 화가 났다.

안 되겠다 싶어 부동산에 전화를 걸려고 하는데 발신자에 적힌 'Harvard University'라는 글자가 왠지 모르게 익숙했다. 며칠 전 넷플릭스에서 방영하는 〈솔로지옥〉을 보다 한 여성 출연자가 하버드대학교 학생이라 관련 영상을 몇 개 찾아봤는데, 거기서 본 로고와 똑같았다.

'설마 진짜 하버드인가?'

검색창에 하버드대학교와 수신인 이름을 적었다.

1초간의 여백 후에 안면 있는 한 남자의 사진이 떴다. 집을 보러 갔을 때 느낌과는 사뭇 달랐지만 이목구비나 전체적인 외형에서 오는 수수한 느낌은 여전했다. 하지만 사진 위에 고딕체로 쓰여 있는 말들은 전혀 소박하지 않았다.

Mr. Kim, 맥킨지 서울사무소 파트너 승진

맥⋯ 맥킨지? 설마 내가 아는 그 맥킨지인가?

제목을 클릭해서 기사를 읽어보니 전 세계 엘리트들만 들어간다는 전략컨설팅회사 맥킨지&컴퍼니가 맞았다. 거기에 다니고 있는 사람만 봐도 신기한데 전 세입자가 서울사무소 파트너(임원급)라니. 이 집에 들어온 사람들은 다 잘 되어서 나갔다는 집주인의 자랑이 괜한 소리가 아닌 게 증명된 순간이었다.

잠시 편지를 지긋이 바라봤다. 집에 들고 들어가서 열어보고 싶은 생각이 잠깐 들었지만 소유자의 동의를 얻지 않고 우편물을 열어보면 불법이라는 점이 생각났다. 이전에는 신경질적으로 우편물을 반송함에 꽂았다면 이번에는 조심스럽게 반송함에 넣었다.

엘리베이터를 타고 올라오면서 전혀 특별함을 느끼지 못했던 Mr. Kim네 가족의 모습이 머리를 스쳤다. 무지티에 반바지, 안경을 쓰고 있던 아내와 바이올린 연습을 열심히 하고 있던 첫째, 그림을 그리고 있던 둘째. 보통 다음 세입자가 들어와야 이사가 가능해서 집을 보러 가면 거주자들이 적극적으로 어필하는 편인데 Mr. Kim네 가족들은 집을 편하게 둘러보라고 자리를 비켜줬던 기억이 났다.

맥킨지 파트너면 연봉이 얼마일까? 10억은 되려나? 그나저나 연봉이 그렇게 높아도 집은 하나도 안 고치고 살았구나. 이사 온 첫날, 세면대가 주저앉아서 당황했는데 수리하러 온 아저씨가 전 세입자가 신경을 하나도 안 쓰고 산 집이라고 했던 게 생각났다. 아마도 본인 집이 아니라 회사 사택이었겠지?

그나저나 하버드대학교를 나온 사람 집에 살다니. 이런저런 생각이 의식의 흐름에 따라 흘러갔다. 집에 들어오자마자 남편에게 이야기했더니 그도 꽤 놀란 눈치였다. 그만큼 우리 부부에게 Mr. Kim은 대단한 사람이었다.

그 후에도 편지는 한 달에 한두 번씩 계속 왔다. 이제 불쾌함보다는 신기한 마음으로 반송함에 넣었다. 6개월 정도 지나고 나서야 우편물이 오지 않았다. 아마도 한국에서 보스턴까지 반송되는 시간이 아니었을까 싶다. 편지가 오지 않자 조금 섭섭한 기분도 들었다.

Mr. Kim에 대한 일은 금세 잊고 지내던 어느 날, 우리 가족은 옆 아파트에 사는 아이 친구의 집에 초대받아 놀러 가게 됐다. 이사 와서 남의 집을 방문하는 게 처음인데다 부부 동반 모임도 거의 가본 적이 없어서 긴장이 되었다.

걱정도 잠시, 아이 친구네 가족은 레스토랑 버금가는 플레이팅과 메뉴로 손님들을 환대해주었다. 나는 감사한 마음에 준비한 위스키를 꺼냈다. 호스트의 남편은 내가 선물한 위스키를 꺼내어 레몬과 토닉워터를 섞어 하이볼을 만들어주었다.

우리 가족 외에 다른 가족도 있었는데, 분위기가 무르익을 때쯤 각자 자기소개를 했다. 우리 가족이 먼저 얘기했다.

"저희 부부는 회사원입니다. 소비재를 다루는 K사에 다니고 있어요. 음… 끝… 끝입니다."

딱히 더 할 말이 없어서 어색한 웃음을 짓고 있는데 회사 이름을 듣자마자 다른 가족 중 한 분이 우리 회사와 관련된 어떤 이슈에 대해 얘기하는 게 아닌가. 내부인도 알기 어려운 투자 관련 내용을 상세히 알고 있어 실례를 무릅쓰고 어떤 일을 하시냐고 물으니 미국 투자은행에 다니고 있다고 했다.

"혹시 G투자은행이세요?"
"맞아요!"

그의 옆에서 잔잔한 웃음을 지으며 건배를 하던 아내는 글로벌 전략컨설팅 회사를 다니다 육아 때문에 잠시 쉬고 있다고 했다.
외국계 기업 좀 다니는 걸로 뭐 그렇게 놀라냐고 할 수 있지만 한국에서 대학 졸업 후 평생 한국 회사만 다닌 우리 부부에게는 놀라운 배경과 스펙이었다. 하지만 놀란 마음도 잠시, 한두 시간 대화를 하다 보니 그들도 우리와 별반 다르지 않은 삶을 살고 있었다. 게다가 부부의 생활방식과 품고 사는 고민이 비슷해서 결국 인생은 직위고하를 막론하고 많이 닮아 있다는 생각이 들었다.

어느새 우리 부부는 초반에 받은 위압감은 잊어버리고 대학 친구들을 만난 듯 담소를 이어갔다.

한참 수다를 떠는데 티본스테이크를 멋지게 구워 온 호스트의 남편이 자리를 잡고 앉아 자기 이야기를 꺼냈다. 본인은 건설 관련 대행사를 운영하고 있고 아내는 연주회를 하는 피아니스트인데 아내와 관련된 매니지먼트도 함께 운영하고 있다고 했다.

그의 얼굴을 보니 갑자기 음반기획사 중 한 곳이 생각나서 "혹시 ○○회사인가요?" 하고 물었더니 그는 어떻게 알았냐며 도리어 놀란 표정이었다. 종종 머리를 식힐 겸 클래식 음악을 듣거나 관련 기사를 찾아보는데, 거기서 스치듯 본 얼굴이 맞았다.

달큰하게 한잔 마시고 집으로 돌아오는 길, 나는 남편에게 물었다.

"혹시 나랑 같은 생각해? 아마도 그럴 거 같은데. 이 동네 장난 아니다."

"응, 그런 거 같아. 잘 숨어서 살자. 우리는 직장 때문에 일단 여기서 살아야 하니까."

회사가 강남에 있는 게 장점만 있다고 생각했는데 처음으로 불편함을 느꼈다. 이웃의 스펙이 평소 사회생활을 하며 만나는 사람들 수준을 한참 벗어난다.

동네에서 알게 된 주민들 대부분은 여기서 나고 자란 토박이들이다. 우리처럼 회사나 다른 변수 때문에 이 동네로 들어온 사람들은 거의 만나지 못했다. 주위에 고스펙 가족들을 만났다는 이야기를 했더니 주눅 들지 않았냐고 묻는 사람들도 있었다.

솔직히 주눅이 들긴 했다. 하지만 주눅 들었다고 숨어 살 수 없는 노릇이다. 게다가 남편과 나의 손에는 직업의 귀천이나 자산의 차이라곤 모르는 천진한 아이의 손이 들려 있었다. 우리 아이가 좋은 인성을 가진 친구를 만나고 평온하게 살아갈 수 있다면 충분한 것 아닌가 하는 생각에 남편과 나는 이 환경을 마주하며 살기로 했다.

사회생활을 하면서 생긴 소신이 하나 있다. 바로 '끼리끼리는 사이언스'라는 거다. 아직 그들을 잘 모르지만 좋은 사람들이라고 판단되면 친하게 지낼 것이다. 그래야 서울-보스턴만 한 거리가 조금이라도 좁혀지지 않을까. 아이들끼리 사이좋게 지내면 반찬도 나눠 먹고, 유용한 정보도 공유하고, 정말 이웃사촌처럼 잘 살아볼 생각이다.

같은 라인에 유명한 배우가 산다

배우든 유명인이든

동네에서는 동네 사람이다.

워낙 연예인들을 많이 보는 동네라 연예인을 봐도 늘 덤덤하게 지나가곤 하는데, 배우 A를 처음 본 날은 잊을 수가 없다. 간만에 새벽 운동을 하고 엘리베이터를 타는데 한 입주민이 엘리베이터 안에서 열림 버튼을 누른 채 나를 기다리고 있었다. 나는 엘리베이터를 타며 "감사합니다"라고 나지막이 웅얼거리며 고개를 숙였다. 상대방도 고개를 숙이며 인사를 받아줬다.

7층을 누르고 어색하게 서 있는데 뭔가 이상하다.

'익숙한 인상인데. 저 사람을 어디서 봤더라?'

좁은 공간에서 뒤를 돌아 얼굴을 확인하면 실례일

것 같아 가만히 있다가 엘리베이터 문이 열리는 순간 "감사합니다" 하며 고개를 돌려 얼굴을 보니 그제야 누군지 생각이 났다. 귀여운 외모로 '국민 ○○○'으로 불리는 유명 여배우였다.

집에 도착하자마자 남편에게 이 사실을 말했다.

"나 방금 A 봤어! 우리 라인에 사나 봐!"

내 신난 목소리에 부스스하게 있던 남편이 깜짝 놀란다. 아니, A가 이 아파트에 산다고? 왜? 그건 나도 의문이었다. A 정도면 고급빌라에 살 것 같은데 의외였다.

검색창에 A의 이름을 검색했다. 필모그래피나 화보를 넘겨보다 기사 하나가 눈에 들어왔다. A는 기부를 엄청나게 하는 사람이라는 것. 지금까지 기부한 금액이 지금 사는 아파트값 정도 되는 것 같았다. 아무리 잘 번다고 해도 이 정도 기부는 쉬운 일이 아닌데.

A가 같은 라인에 사는 걸 알게 된 후, 기분상 더 자주 마주쳤다. A는 동네 아주머니들이 자신을 알아보면 언제나 소탈하게 인사하곤 했다.

"어머, A 맞아요?"

"(수줍게 웃으며) 맞아요. 안녕하세요."

옷은 항상 검정색 추리닝에 얼굴은 화장기가 없었다.

그런 A를 볼 때마다 이런 생각이 들었다. 기부는 엄청 하면서 본인은 잘 꾸미지 않는구나. 검정색 운동복도 로고 하나 안 써 있었다(물론 내가 모르는 대단한 브랜드의 옷일 수도 있지만). 옷도 옷이고 배우 특유의 도도함이나 차가운 느낌이 없었다. 내가 아는 일반인보다 A가 훨씬 더 소탈했다.

그러다 어느 날 A에 대한 악의적인 기사가 떴다. 기사 아래 댓글 창에는 사실 확인이 제대로 되지 않은 추측성 글과 지저분한 문장들이 시야를 가렸다. 안티가 거의 없어 보였는데, 마치 A를 질투해온 사람들이 한꺼번에 다 튀어나온 듯했다. 독한 단어들을 하나씩 눌러 읽는데 왜인지 얼굴에 쥐가 나는 기분이 들었다.

분노였다. 아니, 당신들이 A에 대해 뭘 안다고 이런 말을 쓰지? 자신은 꾸미는 법 없이 약자를 위해 기부하며 이웃들에게 피해 하나 끼치지 않고 사는 소시민 A를.

나는 바로 손을 걷어 댓글에 대댓글을 달았다. 그 순

간만큼은 그녀의 대변인이 되고 싶었다. 한바탕 컴퓨터 앞에 앉아 키보드를 두드리다 깨달았다.

'아, 나 A 팬이구나. 그것도 열성 팬!'

한바탕 댓글 타임을 하고 난 다음, 얼마 안 되어 A와 마주쳤다. 기사 때문인지 왠지 수척해 보였다. 응원하고 싶은 마음에 무슨 말을 건넬지 고민했다. '괜찮으세요?', '응원해요', '다 지나갈 거예요' 등등.

'괜히 아는 척했다가 불편해할 것 같아. 내가 팬인 거 티 내면 마치 사생팬 같을 것 같기도 한데. 열성 팬은 아니지만 그래도 팬이 한 라인에 살면 불편하지 않을까?'

이런저런 복잡한 생각을 하고 있는데 나도 모르게 입에서 생뚱맞은 소리가 튀어나왔다.

"저 인스타 팔로우하고 있어요."

매번 수줍은 표정을 짓던 A가 파안대소했다. A는 당황한 듯 입을 손으로 가리며 "어머, 감사해요"라고 말했다. 집에 돌아와 이불 킥을 하다 생각해보니 '인스타 팔로우 하고 있다'라는 말은 꽤 센스있는 응원이 아니었나 싶다. 부담 주는 열성 팬이 아닌 관심을 가지고 응원하는 이웃이니 힘내라는 의미 정도만 전달하고 싶었는데. 착한 그녀는 그렇게 받아줬을 것 같다.

A는 종종 인스타 라이브를 한다. A의 화면 뒤로 보이는 집 구조는 익숙하다. 가구나 인테리어도 눈에 들어오는데 초기 입주 옵션에서 크게 변화를 주지도 않은 듯하다. 소탈하고 꾸밈없고 인사 잘하는 배우 A. 계속 우리 아파트의 자랑이 되었으면 좋겠다. 앞으로도 승승장구하길.

그냥 여기서 태어났을 뿐

청담동한테 왜 이래요.

그냥 여기서 태어났을 뿐이에요.

청담역 사거리에서 동네 친구 리아를 기다리고 있었다.
리아와는 거의 1년 만의 만남이었다.

리아는 해외영업 일을 하고 있는데 코로나 이전 일
상으로 돌아가면서 다시 해외 출장이 잦아졌다. 세계 곳
곳을 돌아다니느라 바쁜 그녀에게 만남을 요청한 건 청
담동에 친한 친구가 몇 명 없기 때문이다.

청담역 부근 스타벅스에 앉아 밖을 보는데 저 멀리
서 하얀색 슈트를 입고 성큼성큼 걸어오는 한 여자가 보
인다. 내 쪽을 바라보며 환히 웃는 그녀.

점점 좁혀지는 리아와 나 사이 길목에서 처음 만났

던 날의 잔상이 머리를 스쳤다. 리아와의 인연은 '떡볶이'에서 시작되었다.

☀ ☀ ☀

이 동네에 이사 와서 처음 찾은 건 맘카페였다. 연고도 없고 아는 사람도 없는 지역에서 생존하기 위해서는 정보가 필요한데 소심해서 주위에 물어볼 수가 없었다. 이럴 때는 맘카페가 유용하다. 아직 맘(mom)이 아니더라도 여자라면 가입이 수월하고, 동네에 대한 온갖 정보가 다 있으니까. 하지만 유명 포털 사이트를 다 뒤져도 청담동, 아니 최소 삼성동을 아우르는 맘카페를 못 찾았다.

결국 포기하고 좀 더 영역이 넓은 '강남워킹맘'이라는 카페에 가입했다. 강남권에서 생활하는 워킹맘이라는 공통점이 있어서 그런지 금방 카페에 정을 붙였다. 글을 많이 쓰진 않았지만 댓글로 활동하면서 소소한 일상을 공유했다.

카페에서 늘 정보를 얻기만 해서 마음에 부채의식을 가지고 있던 어느 날, 한 회원이 떡볶이를 추천해달라는 글을 올렸다. 'Lia'라는 닉네임의 글쓴이는 본인을 떡볶이 마니아라고 소개하면서 서울 시내에 있는 웬만한 떡볶이 집은 다 가봤다고 했다. Lia님은 서울에 있는 유명한 떡볶이 가게를 나열하며(신토불이, 그린네온쟁반, 진이네 떡볶이 등) 이 떡볶이집을 넘어서는 가게를 소개해달라고 읍소했다.

나는 그 글에 바로 댓글을 달았다. 왜냐면 나도 떡볶이 마니아니까.

   └ 부산 범일동 매떡이요. 진짜 강추합니다.

내가 댓글을 쓰고 5분도 안 되어 대댓글 알림이 왔다. 글쓴이는 범일동 매떡은 처음 들어봤다며 바로 주문을 하겠다고 했다. 떡볶이를 좋아하는 남편과 나는 연애할 때 이 떡볶이를 먹으러 부산에 가기도 했다. 그만큼 많이 애정하는 떡볶이 가게인데 나처럼 떡볶이를 사랑하는 마니아에게 소개할 수 있어 뿌듯했다.

댓글을 달고 2주 정도 지났을까, Lia님에게 쪽지가 왔다.

∟ 안녕하세요. 지난번에 맘카페에서 떡볶이를 소개받은 김리아
라고 합니다. 시간 되실 때 제 전화번호로 연락 부탁드려요.

랜선에서 만난 사람에게 직접 연락하는 건 꺼려졌지
만 '떡볶이'라는 공통점이 있는 분이라 마음의 벽은 상당
히 허물어진 상태였다. 아마 다른 사람이라면 절대 내 휴
대전화에 번호를 저장하지 않았을 테지만 귀신에 홀린
듯 전화번호를 저장하고 카톡으로 연락했다.

○ 안녕하세요. 시드니입니다. 무슨 일이세요?
● 안녕하세요! 연락 너무 기다렸어요.
○ 무슨 일이실까요?
● 다름이 아니라 떡볶이 때문인데요!

리아는 내 추천을 받고 바로 범일동 매떡을 주문해
택배로 받았다고 한다. 새로운 떡볶이를 먹어본다는 생
각에 설렜던 리아는 배송을 받자마자 조리해 먹었는데,
한 입 베어 문 순간 뭔가 잘못되었음을 느꼈다고 했다.
코끝을 찌르는 강한 후춧가루와 입술에 필러를 때려

맞는 매운맛이 몸 안에 들어온 순간, 온몸이 불바다가 되어 입에 찬물을 1리터 가까이 들이부었다고 했다.

사실 그게 매떡의 매력인데. 미친 듯한 매콤함이지만 중독적인 맛에 혀 끝에서 느껴지는 통각을 참고 계속 먹어내는 맛. 그걸 견디며 드셔야 한다고 조언했지만 리아는 도저히 먹을 수 없을 것 같다고 했다.

리아의 경험담을 들으며 조금 미안한 마음도 들었지만 대체 이 사람이 무슨 말을 하고 싶은 건지 궁금했다. 설마 나에게 사과를 받거나 피해보상을 요구하려는 걸까? 나는 그저 맛있는 떡볶이를 추천했고, 매떡을 구매한 건 본인인데 어떤 목적으로 나에게 연락한 건지 불안했다. 적당히 "네네" 거리며 리액션을 하는데 결론을 과감히 내리는 듯한 리아의 말이 들려왔다.

- 제가 시드니님 추천을 믿고 너무 많이 시켰어요. 추천은 정말 감사했는데, 저희 가족은 이 떡볶이를 감당할 수 없을 것 같아요. 시드니님이 매떡 좋아한다고 하셨으니 제가 그냥 드릴게요!

이게 웬 횡재인가. 택배비만 1만 원 넘게 드는 떡볶

이를 그냥 주겠다니. 다만 어디 사는지도 모르고 얼굴도 모르는 사람에게 먹는 걸 받는 건 부담스러웠다. 혹시 앙심을 품고 떡볶이에 침이라도 뱉는 게 아닐까 싶어 조심스레 거절했는데, 리아는 또 놀라운 말을 이어서 했다.

- 시드니님, 청담 살지 않으세요? 동네 주민 같아서 기억하고 있는 아이디인데, 저희 집 근처에 사시는 것 같아서 더 반가웠거든요. 모르는 사람에게 음식 받는 게 부담스러우실 수도 있는데 저 이상한 사람 아니고요. 정말 이 떡볶이가 감당이 안 되어 그러니 받아주세요. 안 받아주시면 버릴 것 같아요. 보기만 해도 매운 상태에요ㅋㅋ

잠시 망설이다 떡볶이를 받기로 했다. 어차피 매떡의 포장 형태를 잘 알고 있고 한번 끓여서 먹을 거니 괜찮겠지라는 생각에.

10분 남짓 걸어가니 리아가 살고 있는 아파트가 보였다. 처음 가본 그곳은 재건축을 앞두고 있어서 그런지 상당히 노후했다. 균열이 사방에 있고 곧 쓰러져도 이상하지 않을 듯한 을씨년스러운 단지 안에서 키 크고 세련

된 여성 한 명이 하얀 스티로폼을 들고 서 있었다.

한눈에 그 사람이 리아라는 걸 알아챘다. 서로의 간격이 5미터 정도 남았을 때 우리는 눈을 마주치고 한참 웃었다.

"이게 그렇게 맵던가요?"
"어후, 들고만 있어도 매워요. 얼른 가져가세요."

리아는 아이에게 도시락을 안겨 등교시키는 엄마처럼 내 가슴에 하얀 스티로폼 박스를 안겼다. 뭔가 보답이라도 해야 할 것 같아서 커피 한잔 사겠다고 했는데 리아는 극구 거절하며 다시 아파트 안으로 들어가버렸다.

나는 바로 집으로 돌아와 남편과 함께 리아와 있었던 이야기를 나누며 범일동 매떡을 맛있게 해치웠다. 함께 온 야끼만두까지 싹싹 긁어먹었다.

부풀어 오른 배를 두드리며 생각했다. 이게 그렇게 못 먹을 맛인가? 살살 올라오는 매운 기운을 쿨피스로 가라앉히는데 호들갑 떨던 리아의 얼굴이 생각나서 계속 웃음이 나왔다. 이왕 이렇게 알게 된 거 알고 지내자는 생각에 기프티콘을 보내며 감사 인사를 전했다.

그렇게 우리는 그날부터 친구가 되었다.

❀　❀　❀

리아와 간단히 인사를 나눈 뒤 수첩을 꺼냈다(오랜만에 만나는 데다 이 책을 쓰며 청담동 토박이인 리아를 인터뷰해보고 싶었다). 리아는 말솜씨가 보통이 아닌 데다 말하는 속도가 빨라 내가 말을 다 기억하지 못할까 봐 펜을 들었다.

리아는 자기 이야기가 재미없을 거라 걱정하면서 어릴 적 이야기를 들려줬다.

"저는 청담자이가 한양아파트일 때부터 쭉 청담동에 살았어요. 어릴 땐 청담동이 이렇게 주목받는 동네라는 걸 인지하지 못했죠. 다만 초등학교 들어가서는 빈부격차라는 게 존재한다는 걸 확실히 알게 됐어요. 아파트에 사는 아이들과 다주택에 사는 아이들의 편차가 눈에 보였으니까요. 우리집도 부자는 아니었는데, 아파트에 살고 있어서 중간 정도였던 것 같아요."

나는 '청담동에 산다'고 하면 주변 사람들이 뭐라고 하냐고 물었다. 리아는 대학교를 졸업하고 바로 회사 생활을 시작했는데 사회생활을 본격적으로 시작하면서 '청담동에 산다'고 했을 때 반응이 일반적이지 않다는 걸 느꼈단다. 청담동 산다고 하면 부자 동네 산다고 하면서 '업타운 걸'이라고도 하고 좀 유치하지만 회사에서 상사들이 '저 사람 강남 좋아해'라는 말을 하는 것을 들은 적도 있다고 했다. 기본적으로는 엄청난 부자라고 여기고 소박하게 하고 다니면 뭔가 숨기는 게 있다고 여기는 사람이 많아서 불편하기도 했다고.

리아에게 어릴 적 기억에 남는 에피소드는 없는지도 물었다.

"옛날에도 이 동네에는 연예인들이 많이 살았어요. 한양아파트에서 살다가 청담삼익으로 이사 왔는데 젊은 연예인 부부가 많아서 신기했던 기억이 있죠. 가끔 같은 시기에 이곳에서 살았던 연예인들이 한참 뒤에 인터뷰를 하면서 신혼 때 형편이 변변치 못해서 작고 허름한 아파트에 살았다는 이야기를 하며 울먹거리곤 했어요. 거기가 지금 제가 살고 있는 아파트라 여기 사는 우리는 뭐냐는 식으로 가족끼리 웃으며 농담하기도 했어요."

청담에서 함께 자란 친구들은 지금 다들 어떻게 사냐고 물으니 본가가 이 동네인 친구들은 이곳으로 많이 돌아오는 편이라고 했다. 대부분은 부모님이 아이 양육을 도와주시기 때문이었다. 그런 이유가 아니어도 본가로 돌아오는 경우도 많다고 했다.

리아 본인을 포함해서 대부분은 웬만큼 괜찮은 학벌에 사회적 지위를 가지고 살아가고 있고 관계 또한 그런 친구들과 잘 지속되는 경향도 있다는 솔직한 이야기를 해줬다.

마지막으로 리아에게 나는 왜 청담동에 사는지 물었다. 리아는 영문을 모르겠다는 표정을 지으며 이렇게 말했다.

"저는 그냥 여기서 태어났어요. 그래서 여기 쭉 살아온 것뿐이에요."

리아의 마지막 말이 계속 머릿속을 맴돌았다. 그냥 태어나서 살아왔을 뿐인데 왜 이런 질문을 받는지, 왜 청담동에 산다는 이유로 주목을 받는지 모르겠다는 리아. 리아가 남긴 물음표처럼 내 마음에도 반원만큼의 공허함이 남았다. 사실 청담동 토박이들에게는 청담동이 특별한 장소가 아닌 그저 동네일 뿐인데. 매사 열정적이고 에너지가 넘치는 리아는 청담동 출신이 아니어도, 아니 어디 출신이어도 그 자체로 빛나는 사람일 거다.

이제 리아와 알고 지낸 지 7년이 넘어간다. 나도 해외영업을 하고 있어서 만날 시간을 맞추기 어렵지만 우리는 가끔 만나 일상을 나눈다. 언젠가 좀 덜 맵고 맛있는 떡볶이 집을 가야 하는데 아직 이 동네는 떡볶이 맛집이 없다. 한 곳 들어온다면 바로 리아와 손잡고 가야지.

청담동 살아요

묘하게 소탈한 사람들.

그들이 있어 이 동네에서 버틴다.

사실 나처럼 평범한 사람이 청담에 사는 건 녹록지 않다. 가로수를 물들이는 명품 로고보다는, 넘보기 어려운 스펙과 단단한 정신으로 무장한 사람들과 섞여 사는 게 힘에 부친다.

주차장이나 거리에서 마주치는 이웃들은 자비롭고 관대하다. 나는 입꼬리에 경련이 올 듯 미스코리아 미소로 무장하지만 그들이 지나가고 나면 괜한 불안감이 몰려온다.

'지금 나에게 보내는 미소가 진심일까? 속으론 무슨 생각을 하며 나를 봤을까.'

평생 품어본 적 없는 의구심이 든다. 이렇게 불안한 상태로 살 바에는 완전히 숨어 사는 게 맞지만 한참 친구를 사귈 나이의 아이를 키우는 상황이라 한계가 있다. 내 의지와 상관없이 여러 사람들을 만나고 내 정보를 오픈하고 잔뜩 쫄아서 집에 들어오는 일상의 반복이다. 이런 이유로 스트레스가 극에 달한 날도 있고, 그럭저럭 털어버리는 날도 있다.

문득 시간을 돌아보니 행정구역상으로 청담동과 삼성동을 왔다갔다 하기도 했지만 청담역 부근에서만 11년을 살았다. 견디기 힘들었다면 진즉 이 동네를 떴을 거다. 아이러니하게도 오랜 시간 이곳에 엉덩이를 붙이고 살수 있는 힘은 이곳이 사람 사는 곳이기 때문이다.

특히 내 주변에는 '층담동 사람들'이 있다. '촌'과 '청'의 애매한 합성어인 '층'담동 사람들은 일반적인 청담동 사람들과 느낌이 다르다. 넘사벽 스펙과 재력은 비슷하지만 사람들을 대하는 태도에서 옥수수 찌는 냄새가 난다. 온몸에서 정(情)이 풍기는 사람들의 손을 잡고 끌려다니다 보면 어느새 이곳이 내 집처럼 편안해지는 순간이 온다.

'충담동 사람들'의 대표주자는 혜연 언니다. 혜연 언니는 아이가 초등학교에 입학하면서 알게 되었다. 우연히 반 대표를 맡게 되었는데 부대표를 뽑으라고 해서 가장 시선이 가는 분에게 부대표를 부탁드렸다. (어째서 그녀에게 눈이 갔는지 모르겠다. 그냥 운명?) 그녀가 바로 혜연 언니였다.

학교 대표 회의를 마치고 집으로 돌아가는 길에 혜연 언니와 함께 동네마트에 들어갔다. 마침 고창에서 올라온 통통한 수박을 할인하고 있었다. 내 시선이 가기도 전에 수박을 덥석 집어 든 혜연 언니는 자기네 집은 수박을 사면 하루 만에 다 해치운다면서 먹고 맛있으면 또 사야겠다고 말했다.

나도 수박을 좋아하지만 망설여졌다. 우리 집은 3인 가족인 데다 다들 입이 짧아서 수박 반 통을 사도 다 먹는 데 일주일 이상 걸리고, 결국 다 먹지 못하고 버릴 때가 많았다. 그래도 고창산 수박은 참는 게 아닐 것 같아 용기를 내서 혜연 언니에게 제안했다.

"제가 살 테니 혹시 반반 나누지 않을래요?"

알고 지낸 지 얼마 되지도 않았는데 선 넘는 게 아닌가 싶어 잠깐 긴장했다. 하지만 혜연 언니는 손뼉을 치며 그렇게 해주면 너무 고마울 것 같다고 했다. 우리는 판매하는 분에게 부탁드려 수박을 반으로 쪼개 각자 들고 갔다.

만약 오늘 처음 만난 사람이 나에게 수박을 나누자고 했으면 과연 들고 왔을까? 생각해보면 어떻게든 거절했을 것 같다. 오래 알고 지낸 사이도 아닌 데다 괜히 호의를 받으면 뭔가 베풀어야 할 것 같은 부담감 때문이다.

어쨌든 수박 반 통을 받아준 혜연 언니에게 고마웠다. 집에 도착한 지 얼마 안 되어 혜연 언니는 수박을 맛있게 먹고 있는 아이들 사진을 보냈다. 잘 먹겠다며 나중에 꼭 보답하겠다는 인사와 함께. 그때만 해도 그녀의 '보답'이 이 정도일 거라 생각하지 못했다.

일이 너무 힘든 날이었나, 혜연 언니와 함께 있는 단체 카톡방에 '오늘 너무 지친다'라고 말을 꺼냈다. 힘들다는 말을 남들에게 잘 하지 않는데 그날은 무심코 그 말을 단톡방에 털어놓고 말았다.

내가 올린 우는 강아지 이모티콘을 본 혜연 언니는 퇴근길에 자기 집에 꼭 들르라고 했다. 김치랑 무말랭이를 담갔는데 너무 많아서 나눠 먹고 싶다는 거였다. 공짜로 반찬을 받으면 너무 죄송할 것 같다고 했더니 미안하면 맥주나 많이 사오면 된다고 꼭 집에 들리라고 했다.

그렇게 혜연 언니 집에 처음 발을 들였다. 현관문을 열자마자 참기름 냄새가 콧구멍으로 확 들어왔다. 어릴 적 방앗간 근처에서 맡았던 진한 참기름 냄새였다. 인사를 하는 둥 마는 둥 하는 혜연 언니는 부엌에서 지글지글 뭔가를 부치고 있었다. 가까이 다가가서 보니 미나리로 전을 부치고 있었다. 몸보신할 때는 미나리가 최고라며 맛있게 해줄 테니 가만히 쉬고 있으라고 했다. 사실 미나리를 못 먹는 초딩 입맛이지만 열심히 땀 흘리며 전을 부치는 언니 앞에서 차마 그 말을 할 수 없었다.

가만히 앉아 있는 게 어색해서 혜연 언니에게 뭐 도와줄 거 없냐고 물어보니 갑자기 잡채 먹고 싶지 않냐고 물었다. 뭔가에 홀린 듯 고개를 끄덕이니 팬트리에서 마른 당면을 꺼내 던진다.

딱딱한 당면을 가닥가닥 뜯어 물에 불리고 있는데 현관에서 비밀번호를 누르는 소리가 들렸다. 남편분이 들어오는 게 아닌가 싶어서 자리에서 벌떡 일어나니 내 또래쯤 되어 보이는 여자가 들어왔다.

어색하게 인사를 나누고 '누구'라는 표정으로 혜연 언니를 쳐다보니 우리 아이와 같은 초등학교에 다니는 아이를 둔 '지민'이라고 소개했다.

예상치 못한 상황에 안절부절못하는 나와 달리 지민은 이런 상황이 익숙하다는 듯 반가운 눈인사를 건네고 바로 부엌으로 갔다. 명절에 백수 상태로 친척을 맞는 삼촌의 심경이 이해되는, 아주 불편한 상태였다. 휴대전화를 보기도 뭐하고 말을 걸기도 뭐해서 깔깔대는 그들의 대화를 TV 보듯 보고 있는데 갑자기 지민이 다가와서 말을 걸었다.

"이름이 뭐예요?"

"어디 살아요?"

"몇 살이에요?"

그녀는 초면에 조심스러운 이 동네 사람들과 달리 개인정보를 묻는 데 거침이 없었다. 회사에서 만났다면 무례하다는 느낌을 받았을 텐데 전혀 그렇지 않았다. 지금 내가 속한 환경이 시골 저자거리와 싱크로율 100퍼센트에 달했기 때문이다. "이거 얼마에요?"로 시작했다가 남편, 자식, 집에 있는 숟가락 개수까지 다 나오는 게 시골에서의 대화다. 나도 뭔가 쏟아내듯 내 정보를 오픈했다.

이 동네에 살게 된 이야기부터 남편, 시댁, 친정, 아이까지. 지인 중에서도 몇 명밖에 모르는 작가 생활 이야기도 홀린 듯 털어놨다. 그러다가 회사 이야기를 하면서 잠시 눈시울을 붉히기도 했다. 그때 혜연 언니는 들고 있던 국자를 내던지고 나에게 다가와 한마디 했다.

"시드니, 대충 살어. 죽으면 다 끝이야."

죽으면 다 끝이라니. 얼마 전 글로벌 컨설팅업체에 다니는 이웃집에 놀러 갔다가 자기 몸값을 열심히 올리라는 말을 들었다. 그런데 같은 동네 다른 한쪽에서는 죽으면 끝이니 대충하라고 한다. 사람이든 건물이든 대충이라곤 하나도 없는 이곳에서 대충 살라고 하는 사람들. 열심히 몸값 올리라는 엘리트의 말보다 '대충'이라는 말에서 스펙을 뛰어넘는 단단한 지혜가 느껴진다. 잘 나가려면 열심히 해야 하는 건 맞지만 '잘 살려면' 어느 정도 내려놓고 사는 게 필요하니. 가끔 이웃들과 미나리전을 먹으면서 인간다움을 느끼는 건 필수다.

우리 미래는 인공지능이 지배하는 세상일 거다. 챗GPT의 등장만 봐도 인공지능은 인간이 할 수 있는 많은 것을 대체해버린다. 하지만 인공지능이 딱 하나 대체할 수 없는 게 있다고 한다. 바로 타인의 마음을 생각하는 것, 인간성이다.

인간다움은 사람만이 느낄 수 있어서 이 가치를 지켜야만 인공지능이 지배하는 세상에서 살아남을 수 있다고 한다. 내가 인간다움을 유지할 수 있는 힘은 바로 이곳 '청담동'이다.

혜연 언니를 만난 뒤로 나에게 이상한 말 습관이 생겼다. 누군가 "어디 살아요?" 하고 물으면 입꼬리를 옆으로 길게 늘리며 이렇게 답한다.

　　"저는 충담에 삽니다."

청담동 입양아들 청우성

청담동을 좋아하면

누구나 청담동의 아들, 딸이다.

청담동에서 생활하면서 많은 유명인을 봤지만 실물을 영접했을 때 가장 기뻤던 사람은 전지현도, BTS도, 장원영도 아니었다. 바로 작고 소중한 박강현 대표다.

박강현 대표는 스무 살 때 집안 형편이 어려워 대학을 중퇴했다. 경상도 어느 시골 출신인 그는 단돈 200만 원을 들고 서울로 상경해 고시원에 살며 백화점, 방송사 등에서 각종 아르바이트를 하며 생활했다. 고된 하루를 보내고 그는 잠자리에 누우면 한 가지 생각만 했다고 한다.

'난 패션 사업을 할 거고, 그러려면 청담동에 가야 한다!'

박강현 대표는 꿈을 이루기 위해 잘나가는 쇼핑몰에서 열정페이를 받으며 일하거나 때론 무급으로 일을 배웠다. 오랜 시간 몸으로 머리로 공부한 끝에 2003년에 자신의 온라인 쇼핑몰을 열었다. 남성복 여성복 가리지 않고 사업에 열중했고 사업은 그가 담금질한 시간을 보상하듯 순조롭게 확장되었다.

물주면 자라는 콩나물처럼 쑥쑥 크던 사업을 지켜보는 것도 잠시, 그는 평소 즐겨 마시던 커피가 눈에 들어왔다. 당시 그의 눈에 카페들은 커피만 팔고 고객들에게 '영감'을 제공하지 않았다.

'기존 카페들이 제공할 수 없는 혜택을 준다면 성공하지 않을까?' 하는 생각에 그는 2017년 성수동을 찾았다. 그때만 해도 성수동은 핫플이라기보다 낙후된 지역이었다. 주변은 온통 공사판에 도로는 들쭉날쭉하고 상권에 젊은이들보다는 지긋한 어른들이 더 많았다. 척박한 땅에서 날리는 분진을 보며 그는 성공의 기운을 느꼈다.

부동산 중개업자를 찾아간 그는 제일 낡고 권리금이 낮은 건물을 소개해달라고 했고, 현재 1호점이 위치한 건물을 보자마자 10분 만에 계약했다.

카페 이름은 그가 제일 좋아하는 색상인 '카멜'로 지었다. 그동안 해온 패션, 특히 본인이 제일 좋아하는 빈티지를 카페 분위기에 입혔다. 젊은이들이 SNS에서 감성을 찾아다니던 시기, 카멜커피는 입소문을 타고 급속도로 사람들이 모이는 핫플이 됐다.

카멜커피가 성수동에서 안착하자 그는 바로 청담동으로 진출했다. 2호점 카멜팩토리, 3호점 청담점을 모두 청담점에 냈다. 1호점이 성수동에 있긴 하지만 그의 SNS에 주로 등장하는 지역은 청담동이다.

도산공원 근처를 거닐다 보면 운 좋게 그를 보곤 하는데, 그럴 때 사람들은 '카사미카다!' 하며 뛰어간다. 자신을 향해 다가오는 팬(?)들에게 그는 적극적으로 다가가 익살스러운 표정을 지어준다. 억지로 인사를 해주는 것이 아닌 진정으로 사람들을 만나는 게 즐거운 그의 에너지는 고스란히 전달된다.

"내가 가장 좋아하는 것을 보여주는 것이 고객을 설득하는 가장 좋은 방법이다."

최근 제주도에 카멜커피 13호점을 연 박강현 대표의 말이다. 커피 사업이 확장되자 브랜드, 기업 할 것 없이 그에게 인터뷰를 요청한다. 그는 그럴 때마다 '자신이 좋아하는 것'을 강조한다. 남에게 맞추는 것이 아니라 내가 강하게 좋아하는 것을 보여주면 고객은 설득된다는 것이다.

카멜커피의 성공 요소는 인더스트리얼한 인테리어나 감성을 강조한 컨셉에도 있지만 일등 공신은 우유와 크림 베이스인 '카멜커피'다. 카멜커피를 처음 선보였을 때 고객들은 신선한 충격을 받았다. 아메리카노, 라테 같은 표준화된 메뉴만 있던 시절, 카페 이름을 내세운 독자적인 레시피를 강조한 커피로 시선을 끌었다. 카멜커피 이후 상호명에 커피를 단 메뉴들이 늘어났다. 보편적인 편안한 느낌 속에서 자극을 원하는 MZ세대에게 카멜커피는 취향을 정확하게 저격했다.

카멜커피가 성공하자 규모가 큰 유튜브 채널에서 박강현 대표를 초대했다. 그곳에서 소개되는 그의 별명은 '청담동 청우성'이다.

청담동은 그의 고향도, 그가 연 카페 1호점도 아니

다. 그럼에도 사람들은 그를 '청담동' 로컬로 기억한다. 청담동 사람들은 청담동에 진출해서 그곳에서 뿌리내린 사람을 청담인으로 받아들인다. 그가 경상도 사투리를 쓰든, 카페를 마감하고 경기도로 향하든 그는 청담동 사람인 거다.

청담동의 장점은 이름 자체에서 오는 개방성이다. 이곳은 '출신'으로 평가하기보다 자신이 쌓아올린 그대로의 것으로 사람을 바라보는 것 같다. 그래서 나도 '청담동'이라는 문구를 앞에 둔다. 청담동에 사는 시드니. 나 또한 박강현 대표처럼 청담동 출신은 아니지만 '청담동'이라는 동네를 앞에 두고 글을 쓰고 있다. '청담동 출신도 아니면서 왜 이런 글을 썼어?' 하는 분들이 생길까 봐 두려운 마음도 있지만 그럴 때마다 '청담동 청우성' 박강현 대표를 생각한다. 청담동은 누구나 들어올 수 있는 곳이니까.

철물점 아저씨 딸이
제일 잘나가

청담동이든 어디든

현자의 말은 새겨듣는 게 좋다.

평소 주변인들에게 온화한 성격으로 정평이 난(?) 나지만 가끔 속에서 독을 품은 뱀이 똬리를 틀며 불을 내뿜을 때가 있다. 바로 집을 고쳐야 할 때다.

집을 고치는데 왜 화가 나는걸까? 스스로 온화한 사람이라고 하더니 언행불일치 아니냐고 물을 수 있다. 집을 고칠 때 화가 나는 이유는 하나다. 이 집이 우리 집이 아니기 때문이다.

고친 지 얼마 되지 않은 주방 전등과 안정기가 또 나갔다. 엎친 데 덮친 격으로 화장실 배수관 물이 새기 시작했다. 관리실 아저씨는 전등과 배수관 둘 다 전체를 다 뜯어서 고쳐야 할 것 같다고 자기 능력으로는 무리라며 고개를 저었다. 대략 20~30만 원은 나올 거란다.

아무리 오래된 집이라지만 이렇게 자주 고장이 나도 되는 건가 싶어 집주인에게 전화를 걸까 했지만 지난 전세 갱신 때 대서 비용을 내기 싫어서 부동산 뒷문으로 도망친 구두쇠 집주인에게 그 돈을 받으려 하다간 계약기간 내내 밤마다 촛불을 켜야 할 듯해서 집주인 대신 철물점에 전화를 걸었다.

30분 정도 지났을까, 나보다 훨씬 더 온화한 인상의 아저씨가 나타났다. 아저씨는 주방과 화장실을 번갈아 보더니 화장실이 더 급해 보인다며 자신의 도구들을 들고 화장실로 들어가셨다.

"아이고, 배수관이 삭았네. 삭았어."

17년이나 된 아파트다 보니 세면대에서 물이 내려가는 배수관이 삭아서 물이 새고 있었다. 살면서 배수관이 깨진 건 봤는데 삭다니. 철이 삭을 수 있다는 걸 처음 알았다.

철물점 아저씨는 무림 고수처럼 도구함에서 절단기를 꺼내더니 금세 배수관을 새것으로 갈았다. 아저씨 솜씨에 감탄하면서도 마음속에서는 또 뱀이 춤을 춘다. 아뇨, 집주인….

다음은 주방이다. 높은 천장에 붙어 있는 안정기를 떼고 새로 붙여야 해서 단단한 의자를 갖다드리고, 옆 테이블에 앉아서 회사 일을 하고 있었다. 그날따라 해외업체에 전화가 와서 영어로 대응을 하고 있는데, 묵묵히 수리 작업을 하던 아저씨가 말을 걸어왔다.

"재택하세요?"

의외였다. 아저씨의 인상은 온화했지만 느낌은 강철처럼 냉철해 보였다. 많은 집들을 돌아다니면서 오직 본업에만 집중해서 처리하고, 고객들 개인정보나 타인에 대한 관심은 끄고 살았을 것 같은 그가 나에게 사적인 대화를 시도해서 다소 당황했다. 아저씨의 다음 말을 듣고 왜 나에게 말을 걸었는지 알 수 있었다.

"우리 딸도 재택하거든요. 마이크로소프트 다녀."

평소 어려운 어른들(특히 회사 본부장님들)이 자식 자랑할 때 물개박수를 치는 관성이 남아 있어서 그런지 자동으로 리액션이 튀어나왔다.

"어머, 어머! 엄청난 회사에 다니네요!"
"하핫!"

아저씨도 일상적으로 많이 듣는 리액션인지 반응에 여유가 있었다. 말씀이 많은 분은 아니었지만 수리하는 동안 딸이 생각났는지 나와 대화하면서 몇 번이나 활짝 웃어 보이던 아저씨. 아침 일찍부터 남의 집에 와서 성실히 작업하는 아저씨에게 감사한 마음을 표하고자 내가 아는 마이크로소프트에 대한 모든 정보를 털어 호들갑을 떨었다.

"거기 광화문 앞에 있잖아요. 저도 거기 지나가면서 와, 이런 데는 어떤 사람들이 다닐까 항상 감탄했는데. 정말 따님 대단하시네요. 영어로 대화하고 일할 텐데! 정말 뿌듯하시겠어요!"

딸 자랑을 늘어놓던 아저씨는 잠시 자랑을 멈추고 나에 대해 묻기 시작했다. 보아하니 애엄마 같은데, 아이가 몇 살이냐 물으셨다. 아이 나이를 말씀드리자, 영어 공부를 시키고 있냐 되물었다. 나는 마치 생선을 훔치려다 걸린 고양이처럼 입맛을 다시며 처연하게 고개를 늘어뜨렸다. 아저씨는 안정기 전선을 잇는 걸 멈추고 날 쳐다보며 말했다.

"우리 애들은 다 저기 구청역에 있는 ○○○영어학원 오래 다녔어. 애들 엄마가 딴 건 몰라도 영어는 열심히 시키더니 애들이 다 미국으로 대학을 갔네."

○○○영어학원이라면 여전히 이쪽 지역에서 유명한 학원이다. 배수관이나 안정기를 만지며 다른 것들은 잘 모를 것 같은 아저씨 입에서 전문용어(?)가 나오기 시작했다. 이제 아저씨와 나 둘 중에 지적우위를 점한 사람

은 아저씨였다. 높은 의자에 올라가 있기까지 해서 마치 강단에 선 교육전문가에게 연설을 듣는 기분이었다.

아저씨가 일을 마치고 돌아가신 후, ○○○영어학원과 주변 유명한 영어학원들을 찾아봤다. 그중 맘에 드는 한두 곳을 연락해서 상담을 받았다. 말빨 좋은 학원 선생님들에게 완벽하게 설득당한 나는, 한 곳에 입학금을 넣었다. 영어학원 등록을 마무리한 후 잠시 커피를 마시는데 기분이 묘했다. 비슷한 또래 엄마들이나 친구들을 만나면 절대 영어유치원이나 학원은 보내지 않을 것처럼 말하고 다녔던 나인데, 아저씨의 어떤 모습에 그렇게 설득되어 귀신에 홀린 듯 등록했을까.

우리 아이가 아저씨 딸처럼 미국에서 대학교를 나와 유명 대기업에 들어가길 바라는 마음은 확실히 아니었다. 그저 오랜 시간 한 자리에서 묵묵히 자신의 일을 해온 아저씨의 성실함, 철물점을 운영하며 자식 교육에 열성을 다한 아저씨의 면밀함, 자신의 영역에서 빠른 시간 안에 고객의 문제를 해결하는 냉철함과 상대방과의 공통점을 찾아내는 섬세함. 이 모든 것에 매료되어 아저씨의 조언을 그대로 행동에 옮겼다. 왜인지 저분 말대로 하면 이곳에서 꾸준하게 잘 살 수 있지 않을까 하는 막연한 기대감이 들었다.

좋은 어른을 만나기 힘든 세상이다. 어른이 되어 만난 어른들 대부분은 몇만 원 아끼려 뒷문으로 도망친 집주인 같은 사람들이었다. 요즘 같은 세상에 작은 인연이 된 아저씨에게, 잘 알지도 못하는 사람에게 삶의 작은 경험을 공유해준 인생 선배에게 감사한 마음이 든다.

그나저나 다음 전세 갱신까지 잘 붙어 있을 수 있길.

청담동 슈퍼카에서는
백발 할아버지가 내린다

진짜 성공의 모습은

바로 이런 게 아닐까?

"와, 진짜 멋있다!"

남편의 감탄이 향한 곳으로 눈을 돌리니 고급 승용차 한 대가 서 있다. 음, 저건 람보르기니 우르스네. 과거 외제차 는 다 벤츠인줄 알았던 자동차 무지렁이였지만 자동차 전 시장을 방불케 하는 도산대로와 학동로를 몇 년째 다니다 보니 서당 개도 삼 년이면 풍월을 읊듯 대충 봐도 어떤 회 사 차인지 알 수 있게 되었다.

　그런데 아무리 멋진 차를 봐도 '저건 두꺼비 같다'느 니 '차고가 낮다'느니 단점만 줄줄이 나열하며 못 사는 게 아니라 '안' 사는 거라 정신 승리하던 남편이 감탄사를 연발한다.

내 남편은 좌우명이 '나야 나'일 정도로 자기애가 강한 사람이자 같이 살면서 들어본 칭찬이라곤 '잘했네'밖에 없는 습도 0퍼센트 남자 아닌가. 이런 남자가 입과 코를 벌름거리며 크… 외친다.

그의 시선을 따라가 보니 파란 펄 색깔 우르스에서 내리는 한 남자가 보였다. 좀 이상했다. 평소 보던 광경과 달리 생경했다. 차 주인은 회색 피케셔츠에 치노팬츠를 입은 남자였는데, 머리가 백발이었다. 자세히 보니 최소 60대는 되어 보였다 그는 차 문을 닫고 발렛 기사에게 가더니 차 키를 맡기고 건물 안으로 들어갔다. 그 모습을 보던 남편이 말한다.

"저게 진짜지. 진짜 성공이지."

도로에서 람보르기니, 페라리 등 슈퍼카를 발견하면 백이면 백 앳된 남녀가 타고 있다. 그들을 보면 '성공했다, 부럽다'는 느낌보다는 '철없다'는 생각이 먼저 들었다.

20대 어린 나이에 자기 능력으로 3억 가까이 하는 차를 구매하고 유지비를 감당할 수 있는 사람은 거의 없을 거다. 물론 일부 어린 나이부터 사업에 성공한 사람이라면 가능하겠지만 일반적으론 쉽지 않다. 그래서 도로에 다니는 원색 슈퍼카를 보면 '철없는 젊은이들의 욕망'을 함께 보곤 했다.

그런데 '젊은 욕망'에서 나이가 지긋한 할아버지가 내린다. 얼굴에 주름이 구겨져 있고 삶의 흔적이 고스란히 남아 있는 할아버지가. 그때부턴 그 차가 '성실한 성공'으로 보인다. 저 차를 타기 위해 오랜 시간 인내하고 노력했을 할아버지의 과거 시간이 스쳐 지나간다. 자산가라면 기생충의 박사장님처럼 운전기사와 함께 다녀도 될 텐데, 남의 도움 없이 스스로 운전하고 다니는 소탈함에서 여유와 멋스러움이 느껴진다.

많은 사람들은 젊은 나이에 출세하길 원한다. 하지만 소년등과일불행(少年登科一不幸)이란 말처럼 어린 나이에 성공하고 부를 쟁취하는 것은 긴 인생을 봤을 때 우려스러운 점이 많다.

아직 내면이 성숙하지 못한 시기에 많은 부를 얻게

되면 세상이 우스워 보이는 오만함에 빠지게 된다. 이미 목표를 쉽게 이뤘기 때문에 다른 것에 눈을 돌리게 되고 결국 사회적으로 방황하는 경우가 많다. 옛사람들이 새파랗게 젊은 나이게 성공하는 걸 극도로 경계했던 이유가 다 있다.

도산대로를 거닐다 보면 중년 또는 노년의 사람들이 타고 있는 고급 슈퍼카를 종종 본다. 우리 아파트 주차장에서도 꽤 지긋하신 분들이 가끔 슈퍼카에서 내린다. 그들을 보며 혀를 쯧쯧 차는 사람들은 없을 거다. 물론 그들의 청년 시절을 알 수는 없다. 자기만의 방식으로 차곡차곡 부를 이루었을 수도, 원래 부유했을 수도 있다. 그럼에도 저런 차를 타고 다닌다는 건 오랜 시간 흐트러지지 않고 살아 왔다는 걸 보여준다. 그 과정에서 좌절하기도 하고 운 좋은 경쟁자를 보며 포기하고 싶을 때도 분명 있었을 거다.

슈퍼카를 타는 초로의 어른들을 볼 때면 택도 없는 걸 알지만 왜인지 나도 할 수 있을 것 같은 기분이 든다. 언젠가 나도 노년이 되었을 때 저렇게 멋진 차에서 내릴 수 있길. 동경할 만한 한 장면을 가슴속에 찰칵, 찍어놓는다.

나의 롤모델은 청담동 할머니

> 30년 후에 나도
>
> 저렇게 되고 싶다.

고작 30대지만 20대의 나와 지금의 나는 세상을 보는 관점이 많이 다르다. 20대에는 젊은 나이에 성공한 사람이 부러웠다. 연예인 중에는 보아, 아이유처럼 10대에 재능을 발견해서 20대에 꽃피운 사람들. 사업가 중에서는 3CE 김소희 전 대표처럼 좋아하는 일을 하다가 대박 터진 사람들이 한없이 부럽고 따라가고 싶었다. 하지만 돌아보면 20대의 성공은 노력하는 만큼 운도 큰 영향을 미치는 시기라 생각한다. 그땐 그걸 모르고 한없이 자책하며 좌절했다. '내가 못나서 이 모양인 거야' 하면서.

30대가 되면서 서서히 관점이 바뀌었다. 20대의 빠

른 성공이 과연 마라톤 같은 인생을 돌아봤을 때 과연 득만 될 것인가. 오히려 20대에 예상보다 빠른 성취를 이뤘다가 헤매는 30대를 주변에서 많이 봤다. 그럼 앞으로 어떤 태도로 삶에 임해야 하나, 이런 고민을 하던 어느 날. 내 눈앞에 한 사람이 나타났다.

아파트 1층 현관 출입 키를 놓고 와서 누군가가 들어가거나 나와주길 기다리고 있었다. 아침 출근 시간대라 주민들이 자주 왔다갔다 하는데 그날따라 한 명도 안 보였다. 현관 유리문을 뚫어져라 바라보며 '한 명만 나와라' 주문을 외우고 있는데 진청 부츠컷과 하얀 스니커즈가 보였다. 드디어 사람이 나오는구나! 시선을 올리니 새하얀 패딩을 입은 여자분이었다. 실루엣으로만 봤을 때 선이 가늘고 날씬했다. 현관 유리문이 열리자마자 놀라지 않을 수 없었다. 머리가 하얗게 센 할머니 한 분이 나오고 있었으니.

할머니는 나와 눈이 마주치자 나를 보며 생긋 웃었다. 그 할머니를 보는 순간, 앞으로 인생을 어떻게 살아야 할지 내 안에서 정의가 내려졌다.

'이 할머니처럼 되고 싶다.'

태어나서 '할머니'가 되고 싶다고 생각한 적은 처음이었다. 전지현처럼 날씬해지고 싶다거나 신세경처럼 분위기 있는 사람이 되고 싶다는 생각은 해봤지만 주름지고 백발인 할머니가 되고 싶다는 생각은 해본 적이 없었다. 앞으로 30여 년이 지났을 때, 저런 모습이라면 얼마나 좋을까. 평생 자기관리를 해온 듯한 날씬한 몸매도 부러웠지만 종종거리고 있는 낯선 이에게 부드러운 미소를 건넬 수 있는 인격과 여유가 더 인상적이었다. 저 할머니처럼 나이 들고 싶다는 생각을 안고 할머니의 깃털 같은 걸음걸이를 바라봤다.

누구나 늙음을 무서워하고 젊음을 부러워한다. 김애란 작가의 소설집 《바깥은 여름》에 수록된 소설에서도 늙음을 이렇게 표현하고 있다.

보드라운 뺨과 맑은 침을 가진 찬성과 달리 할머니는 늙는 게 뭔지 알고 있었다. 늙는다는 건 육체가 점점 액체화되는 걸 뜻했다. 탄력을 잃고 물컹해진 몸 밖으로 땀과

고름, 침과 눈물, 피가 연신 새어나오는 걸 의미했다.

— 김애란, 《바깥은 여름》, 문학동네

김애란 작가의 말처럼 늙는다는 건 사람이 흐물흐물한 액체가 되는 걸 의미한다. 몸에서 냄새가 나고 침과 눈물이 새어나오는 건 무서운 일이다. 그래서 사람들은 조금이라도 더 젊어 보이려고 성형외과에 가서 피부 시술을 받거나 어려 보이게 옷을 입으려고 애쓴다. 그 모습은 20대 때 내 모습과 비슷해 보인다. 가지지 못할 것을 갖기 위해 아웅다웅하는 모습. 그걸 가져도 행복해질 수 없다는 걸 알면서 모르는 척 살아간다.

동네에서 날씬하고 여유로운 할머니들을 보면서 인생은 길다는 걸 다시 한번 깨닫는다. 빠른 성공과 함께 평생 그 시절을 그리워하며 살 것인가. 아니면 나에게 맞는 라이프 스타일을 찾아 인생을 길들이며 여유롭게 살 것인가. 나는 후자를 택하겠다.

청담동에서 알게 된 친구들과 브런치를 했다. 청담동은 브런치 명소가 많아 어딜 갈지 고민이 될 것 같지만 의외로 가는 곳은 동선 안에 있는 몇 군데뿐이다. 이날은 영동고 앞에 있는 MMN이라는 카페에서 만나기로 했다.

우리 집에서 카페까지 거리는 별로 멀지 않지만 언덕이 굽이치는 청담동이라 땀이 줄줄 났다. 촉촉한 땀방울이 눈 화장 위로 흐르는 것 같아 잠시 가던 길을 멈추고 건물 유리창에 비치는 내 모습을 확인하는데, 전화가 온다. 먼저 도착했으니 음식을 주문하라는 거였다. 휴대전화를 열어 메뉴를 보니 딜(에)을 올린 그릭 치킨 샌드위치가 맛있어 보였다. 친구에게 주문을 부탁하고 카페로 뛰어갔다.

평소 걸음이 느린 편은 아닌데 이날따라 중력이 발목을 끌어당기는 느낌이라 약속시간 보다 한참 늦어버렸다. MMN의 상징인 민트색 문을 열고 들어가니 나를 환대해주는 친구들이 보였다. 그때 내 눈에 가장 먼저 들어온 건 테이블 위에 정갈하게 진열된 음식들이었다.

친구들은 내가 올 때까지 기다렸다며 어서 같이 먹자고 숟가락을 내밀었다. 자리를 잡고 앉아 양파수프를 한 입 떠먹었는데, 알맞게 식어 있었다. 내가 부탁했던 그릭 치킨 샌드위치도 에어컨 바람을 맞아서 그런지 표면이 차가워져 있었다. 식감이 질겨진 빵을 씹는데, 머릿속에 드라마 《응답하라 1988》처럼 레트로 필터가 끼워진 한 장면이 떠올랐다.

우리집은 나를 포함하여 자식이 세 명이다. 먹성 좋은 집안 내력 때문에 부모님 이하 자식 셋의 먹는 양도 상당한데, 안타깝게도 이 세 명의 성장기에 가세가 기울었다. 엄마는 '돈 없다'는 말을 달고 살았고 아빠는 돈을 버시느라 바깥으로 돌았다. 지금이야 배달 음식을 먹는 것이 꽤 보편적이지만 내가 10대이던 2000년대 초반만 해도 배달 음식이란 어쩌다 먹는 특식 같은 것이었다.

주로 집밥으로 끼니를 채우다가 엄마가 밥하는 게 힘이 부친 날은 치킨 한 마리를 시켜줬다. 페리카나나 아주커 같은 브랜드였는데, 10대 세 명이 먹기에는 턱없이 부족한 양이었다. 치킨 박스를 열자마자 우리 셋은 경쟁적으로 먹었다. 겨우 질식하지 않을 정도의 삼키는 속도와 상대방의 동태를 살피는 예리한 눈매, 빠른 손놀림으로 치킨을 먹어도 겨우 두세 조각 먹고 끝날 때가 많았다. 그래서일까 맛있는 음식을 먹을 때는 항상 부족하고 아쉬웠다.

이런 집안 환경에서 열아홉 살까지 살아서 그런지 나는 음식이 나오면 입으로 집어넣기 바쁘다. 자고로 음식이란 쳐다보고 감상하는 게 아니라 생존을 위한 거 아닌가. 아무리 훌륭한 미슐랭 레스토랑의 식사라도 배를 채워주는 것 외에는 어떤 의미가 있는지 잘 몰랐다. 대학 시절 현대미술이나 인상파 그림을 좋아해서 미술서적을 읽거나 도슨트의 해석을 듣기도 했지만 예술이 음식의 영역으로 들어오는 건 낯설었다. 플레이팅의 예술이나 식재료나 질감에 대해 구구절절 평론하는 셰프들을 보면 '청승 떨고 있네'라고 생각했을 뿐.

그렇게 살아왔는데 눈앞에 차가워진 샌드위치가 있고 음식을 음미하는 청담동 친구들이 보인다. 만약 나였다면 음식이 나오자마자 '먼저 먹을게'라고 문자 하나 남기고 입으로 쑤셔 넣었을 거다. 하지만 그녀들은 음식보다 나를 기다리는 게 먼저였다. 10분 전에 먹었다면 따뜻하고 촉촉한 식감을 가졌을 빵이 마르고 퍼석해지더라도 친구들의 우선순위는 먹는 행위보다는 사람이었다.

식은 빵을 질겅질겅 씹으며 언젠가 읽었던 책의 한 글귀가 생각났다. 까다로운 예술가들은 굶주린 손님을 식사에 초대하지 않는다는 것. 굶주린 사람은 하찮은 빵 한 조각과 만찬을 동일하게 여기기 때문이다.

내가 그들보다 늦게 오는 바람에 굶주린 손님인 것이 들통나진 않았지만 기다리고 있던 예술가들이 어떤 것을 우선순위로 여기는 지는 확실히 느꼈다. 우리의 만남이 먹기 위함보다는 친교를 나누는 데 있다는 것. 평생 치킨의 부족함 따위는 모르고 살아왔을 친구들의 배려를 받으면서 동시에 느끼는 감정은 초라함이었다.

브런치를 마치고 집에 돌아와 라면을 하나 끓였다. 친구들이 먹는 속도와 양을 맞추느라 평소 먹는 양의 반 정도밖에 못 먹었다. 얼큰하게 끓인 라면을 후루룩 먹으며 인스타에 청담동 브런치 사진을 올렸다. 댓글에는 '시드니 좋은 데 갔네', '역시 청담동 며느리네!' 하는 고향 친구들의 댓글이 달렸다. 할 말은 많았지만 대댓글을 쓸수 없었다. 겉으로 보기엔 청담에 살고 있었지만 깊숙하게 들어오면 아직은 이 동네 사람이 아니니까. 여전히 배는 라면으로 채우고 있다.

PART2

청담동은
드러내지
않는다

청담동 사람들은
명품을 안 입는다

더하는 것보다

덜어내는 게 더 어렵다.

청담동에 이사 와서 가장 당황스러운 날이었다. 평소처럼 아이를 유치원에 데려다주고 집으로 돌아가려는데 어떤 분이 내 어깨를 톡톡 쳤다. 이 동네에 슈퍼 주인과 고깃집 사장님 외에는 얼굴을 튼 사람이 없던 때였다. 애타게 부르며 쫓아오는 학습지 회사 직원이나 우유배달 아주머니란 생각에 오만상을 쓰며 뒤를 돌아보니 포근한 인상에 화장기 없는 여자가 수줍게 서 있었다.

"바하 엄마시죠? 같은 반 서우 엄마에요."

수줍은 여자에게 순식간에 번호를 따이고(?) 바로 '햇님반 톡방'이라는 곳에 입소하게 되었다. '안녕하세요? 안녕하십니까? 반가워요?' 등 어떻게 인사를 할지 고민하고 있는데 내가 인사를 하기도 전에 이미 모두가 나를 열렬히 환영하고 있었다.

'시작되었구나!'

말로만 듣던 엄마들의 모임이 시작된 것이다. 사실 나에게 엄마들 모임이란 공포의 대상이었다. 한번 발을 담그면 발을 빼기 어려울 정도도 중독적이고 생동감 넘치나 결국 서로 질투하고 시기하다 파국으로 치닫는 것. 엮이지 않는 게 좋겠다는 생각에 알림을 끄고 눈팅만 하던 어느 날, 누군가 나를 태그하며 말을 걸었다.

ㄴ 어머니들, 우리 지금 브런치 벙개해요!

비상이다. 브런치 모임이라니. 자고로 엄마들의 브런치 모임이란 온몸에 금은보화를 주렁주렁 달고 의자에 H브랜드 또는 C브랜드 가방을 걸어놓은 채 대화 도중 스리슬쩍 내가 입은 옷의 브랜드가 보이도록 하는 게 목표인 허세 모임 아니던가. 게다가 '지금' 모이자니. 소풍날도 전날 새 옷 사러 가라고 예고를 해주는데 준비할 시간도 안 주다니.

ㄴ 바하 엄마도 오실 거죠?

당황한 채 톡방을 멍하니 보고 있는데 누군가 내 이름을 불렀다. 어떡하지. 나는 가지고 있는 보석이라곤 결혼 반지뿐이고, 비싼 가방도 없고, 비싼 옷도 없는데. 일단 남편에게 이 사실을 알렸다. 여자들 세계에 대해 잘 모르는 남편은, 동네에 아는 사람이 별로 없으니 맛집 정보나 얻어오라는 속 편한 소리를 하며 다녀오라고 했다. 모임에 참석할지 계속 망설이다 당시 유치원 관련해서 고민이 있었던 터라 그들에게 상담을 받을 겸 용기를 냈다.

우선 옷장을 열었다. 다행히 눈앞에 전투복(?)이 보였다. 복직할 때 입으려고 사뒀던 프릴 원피스와 결혼 예복 재킷. 무엇보다 시어머니께서 물려주신 명품백이 영롱하게 빛나고 있었다. 사실 시어머니에게 이 가방을 받을 때는 색감이 진하고 무거운 데다 로고가 사방팔방에 박혀 있어 촌스럽다고 생각했는데 지금은 사방에 박힌 브랜드 로고가 탄창 총알처럼 안정감을 안겨줬다.

전투 준비를 끝내고 거울을 한번 휙 본 뒤 약속한 장소로 향했다. 모임 장소는 집에서 그리 멀지 않은 한 카페였다. 걸어가며 건물에 반사된 내 모습이 꽤 마음에 들었다. 이 정도면 그래도 꿀리진 않겠지. 이 가방을 들고 있으니 날 많이 무시하진 않을 거야. 심장을 부여잡듯 가방을 끌어안고 조심조심 발걸음을 옮겼다.

한 10분쯤 걸었을까. 시야에 노란 테라스가 들어왔다. 카페 앞 화분 사이로 삼삼오오 모여 담소를 나누고 있는 한 무리가 보였다. 직감했다. 저분들이구나. 두근두근 떨리는 마음으로 다가가는데 무리 중 한 명이 멀리서 날 알아봤다.

"어, 바하 엄마 왔네. 이리와요."

높지도 낮지도 않은 엘레강스한 목소리. 거리가 이렇게 많이 남았는데 벌써 나를 알아보다니 눈썰미 좋은 사람 같으니라고. 하이힐을 신은 터라 우아하게 걸어가고 싶었지만 모두 나만 쳐다보고 있어서 모래주머니 찬 사람처럼 뒤뚱거리며 뛰어갔다. 그런데 거리가 점점 가까워질수록 뭔가 이상한 걸 느꼈다. 그걸 상대방도 느끼는 듯했다.

눈앞에는 흰색 티에 연한 베이지색 면바지를 입고 있는 사람들이 보였다. 무늬 없는 셔츠는 광채 나는 피부와 군살 없는 팔뚝을 더 부각시켰다. 환하게 미소 짓는 어머니들에게 다가서는데, 건물 유리창에 내 모습이 보였다. 스코틀랜드 전통의상만큼 화려한 패턴 옷에 얼굴은 영화 〈패왕별희〉의 주인공 두지처럼 짙은 파우더를 치덕치덕 바른 나. 한껏 꾸민 날이라 기분이 좋을 법한데 그들을 본 순간 드는 감정은 수치심이었다.

조심스럽게 빈자리에 앉아 인사를 나누는데 묘한 이질감이 느껴졌다. 확실히 그들과 나 사이에는 보이지 않는 선이 갈라놓은 것처럼 경계선이 있었다. 패턴 하나 없는 티셔츠를 고급스럽게 소화하는 그들을 보면서 이곳에 오기 전까지 옷과 가방을 고르고 걱정했던 시간이 부끄러웠다. 어떤 옷을 입을지 어떻게 입어야 달라 보일지 고민과 걱정을 했던 자체가 태생적으로 벽이 있는 느낌이

랄까. 한 엄마가 "우리랑 만나고 또 어디 약속 있으신가봐요"라고 센스있게 말해주지 않았다면 코 박고 커피만 마시다 집에 갈 뻔했다.

이후로도 엄마들 모임에 몇 번 참석했지만 다들 비슷한 모습으로 나타났다. 최대한 단순한 디자인의 편리한 옷차림과 에코백. 종종 꾸미고 나타나는 분들도 있었지만 많진 않았다. 중요한 건 대화 속에서 복장이나 보석, 가방 이런 아이템에 대한 화제는 적었다. 그저 건강이나 가족에 대한 대화가 주를 이뤘다.

어느 정도 시간이 지난 후 머릿속에 정리가 됐다. 사는 곳이 청담동일뿐 머리부터 발끝까지 명품을 두르고 다니는 사람은 별로 없다. 명품을 과하게 두른 사람들은 대개 자신을 타인에게 과시하고 싶어 하는 경우인데 이건 내가 경험한 청담동 사람들과는 거리가 있다. 그들은 과시에 대한 욕구 자체가 없어 보였다.

단출한 옷차림을 해도 되는 캐쥬얼한 자리에 온몸에 명품을 휘감고 나타나는 사람도 있다. 그 옷이 유독 마음에 들어서 입었을 수도 있지만 무지 옷에 로고만 다닥다닥 붙어 있는 옷을 오롯이 '디자인' 때문에 입었다고 할 수 있을까. 오히려 주변인에게 우월감을 보이기 위한 행동일지도 모른다.

사실 소비(消費)의 뜻은 교환가치를 가진 것에 비용을 잃는다는 것이다. 합리적 소비라고 함은 필요한 것에 돈을 쓰는 것인데, 사람들은 종종 과시적 소비(교환가치를 뛰어넘는 과한 소비)를 통해 겉치레를 하려고 한다.

내가 청담동에서 본 사람들은 과시적 소비와 거리가 멀었다. 자산이 충분히 형성된 사람들은 남에게 자신을 과시하거나 꾸며 보여줄 필요가 없다. 이미 청담동에 산다는 자체가 모든 걸 보여주고 있기 때문에. 그래서 관계가 개입된 소비를 하지 않는다. 오히려 자산 증식을 위해 더 아끼고 소비에는 엄격하고 절약하는 경우를 더 많이 봤다.

오랜 칼럼이지만 양선희 중앙일보 논설위원(현 대기자)도 비슷한 맥락의 말을 한 적이 있다. 청담동 앨리스들이 월급으로 명품백을 사서 청담동 판타지에 젖을 무렵, 진짜 청담동 주민들은 명품이 아닌 명품 화보집을 사서 안목을 기른다는 것이다. "고야드가 첫선을 보였던 가방의 수직 스트라이프와 네이밍 디자인이 이후 다른 명품 브랜드 백에서도 보이는 것은 우연인가 카피캣인가?" 또는 "프렌치 락시키를 표방하던 발렌시아가가 뎀나 바질리아를 크리에이티브 디렉터로 들여오면서 일으킨 해체주의는 브랜드 빌딩에 있어 온당한가?" 하는 담론을 나누며 명품을 '사는' 것이 아닌 '보는' 눈을 기른다는 것이다.

실제 내 주변에 디자이너 지인을 제외하면 저런 담론까지 꺼내는 사람은 없지만 대부분 명품을 대하는 자세는 비슷하다. 언제든지 살 수 있고, 그렇기 때문에 명품을 물건으로써 집착하지 않는다는 것. 그리고 보여지는 것에 대한 특별함보다 스스로에 대한 가치에 좀 더 몰입하며 산다.

엄마들 모임에 나간 이후로 나도 단출한 옷차림을 선호하게 됐다. 원단이 좋은 브랜드를 찾아 티셔츠를 구매하고 스포츠 브랜드에서 기능성 반바지를 주로 사서 입는다. 이런 걸 사고 보니 프릴 원피스보다 이런 단순한 옷차림이 더 어렵다는 걸 깨달았다. 소위 '핏'이 나오려면 평소 식단관리와 운동을 게을리하면 안 된다. 어떻게 보면 저런 모습이 돈 많고 시간 많은 부자들의 단상이 아닐까 싶다.

매주 금요일은 회사의 캐쥬얼 데이라 오피스룩 대신 자유 복장으로 출근한다. 나는 주로 마크 저커버그처럼 무채색 티셔츠와 단색 바지를 입는다. 이렇게 입고 회사에 출근하면 많은 사람들이 내 걱정을 한다.

"너네 동네에서 그러고 다니면 사람들이 무시하지 않아?"

그럴 때마다 고개를 저으며 이렇게 말한다.

"이게 청담동 로컬 복장입니다."

청담동 사람들은
드러내지 않는다

부자라고 자랑해봤자

득 될 게 없다.

지금 나는 영하 70도 혹한의 러시아 오미야콘을 여행하는 관광객 같다. 오른손을 왼쪽 겨드랑이에 끼고 살짝 등을 구부린 채 2만 3,000원짜리 김치볶음밥을 쳐다보고 있다.

내 옆에는 매끈하고 단단한 피부와 늘씬한 몸매를 자랑하는 여성분들이 둘러앉아 있다. 촤르르 떨어지는 듯한 캐시미어와 스트레치 패브릭으로 만든 옷은 반짝이는 보석을 더 빛나게 해주는 고급원단 같다.

'이 느낌'이 아직 생소한 나는 눈앞에 휘몰아치는 눈보라를 피하듯 게슴츠레 눈을 뜨고 있다. 이제 몇 번 엄마들 모임에 나와 봐서 그들 사이에 튀는 복장은 아니지만 누가 내 셔츠를 만지며 '어머 이건 면 100퍼센트네요'라고 할까 봐 한껏 몸을 움츠린다. 그런데 꽁꽁 언 몸을 녹여주는 따뜻한 대사가 들려온다.

"이번에 전세 연장하는데, 집주인이 2억 올려 달래요. 너무해요, 정말."

전세 연장, 집주인, 2억. 나도 모르게 겨드랑이에 넣고 있던 손을 빼서 그 말을 하는 상연의 손을 와락 잡아버렸다. 매섭게 추운 오미야콘에서 돼지 지방을 씹어먹다 우연히 "김치찌개 먹고 싶네" 하는 한국인 목소리를 들은 반가운 기분이랄까. 상연은 새하얀 손으로 내 손을 포개 잡으며 "바하 엄마도요?"라고 외친다. 나는 나머지 손으로 상연의 손을 한 번 더 포개고 눈빛으로 말했다. 자, 우리 김치찌개 이야기하러 갑시다.

그 후로 상연과 나는 종종 둘이 만났다. 둘 다 일을 해서 저녁 시간에 카페에서 보거나 한쪽 남편이 늦게 들어오는 날이면 그 집에 놀러 갔다.

상연은 중학교 국어 선생이다. 교사 월급으로 이 동네 살기 빠듯하다는 '반가운' 고민을 털어놨다. 사실 청담동에 몇 년 살면서 누군가가 먼저 '돈' 이야기를 꺼낸 건 처음이었다. 다들 돈이 너무 많아서 고민이 없다고 생각했는데 나의 섣부른 판단이었다. 알고 보면 다들 똑같이 사는데 티를 안 낼뿐.

하지만 유일한 친구 상연과의 관계에 위기가 찾아왔다. 그날도 둘이서 아파트 놀이터에 앉아 소소한 대화를 나누고 있었다.

상연에게 내가 물었다.

"이번 명절에는 어디 가세요?"

"아, 저는 집이 서울이라 잠깐 인사하러 갔다 올 것 같아요."

여기까지만 듣고 내 호기심을 끝냈어야 했다. 하지만 상연이 '한국 관광객'인 걸 한 번 더 확인하고 싶은 욕심에 한 번 더 묻고 말았다.

"본가가 어딘데요?"

상연은 가느다란 손가락을 들어 허공을 가리켰다. 뭐지? 집이 하늘에 있다는 건가? 아, 비행기를 타고 가야 하는 제주도라는 건가? 의아한 표정으로 그녀를 바라보다 다시 그녀의 손가락이 가리키는 방향을 쳐다보니 우뚝 솟은 세 개의 마천루가 보인다.

"아… 아이파크요?"

상연은 수줍게 고개를 끄덕였다.

부끄러움이 매섭게 밀려왔다. 잠시 그녀에게 연민과 동질감을 느꼈던 내가 바보 같았다. 솔직히 약간 배신감도 들었다. 처음 친해졌을 때 왜 말해주지 않았을까.

그날 이후 상연과 만나는 횟수가 줄었다. 그녀는 계속 손을 내밀었지만 뭔가 응할 마음이 들지 않았다. 그렇게 연락을 에둘러 거절하며 지내다 우연히 길에서 마주쳤다. 상연은 어색한 미소를 짓는 나에게 해맑은 미소로 다가와 먼저 커피 한잔 마시자며 제안했다.

달달한 커피를 앞에 두고 상연에게 솔직히 이야기
했다. 서로 돈 없다는 이야기를 허물없이 나눴는데 친정
이 아이파크라고 해서 좀 놀랐다고. 그랬더니 의외의 대
답이 돌아왔다.

"사실 그거 말해서 좋은 꼴은 별로 못 봤거든요. 남들
한테 표적만 되고. 그런데 바하 엄마한테는 왠지 말하고
싶었어요."

그 말을 듣고 소설 《버터》의 한 대목이 떠올랐다. 고
위층 여성들이 다니는 살롱 드 미유코라는 요리 교실에
가게 된 서민 출신 가지이는 수업을 같이 듣는 여자들에
게 출신 지역과 출신 학교를 끈질기게 묻는다. '여자들끼
리 정보를 공유하는 음습함'이 싫다고 말하는 가지이지
만 누구보다 타인의 정보에 예민하다. 일대일 관계에서
자신이 우위를 점했다 싶으면 안심하지만 그게 아니다
싶으면 계속 자신의 위치를 확인하고 우왕좌왕하는 약한
모습을 보인다.

가지이의 행동을 보며 한 사람이 떠올랐다. 청담동

사람들 사이에서 자격지심을 느끼며 그들을 가장 외부의 잣대로 보고 있던 사람. 바로 나였다. 이 동네 문화에 녹아들기엔 나는 아직 외부인의 태도와 시선을 가지고 있었다.

돈에 초연한 사람들은 돈 이야기를 잘 하지 않는다. 어차피 이 동네 사람들은 다들 '청담동 산다'는 이유로 외부 시선에 시달린다. 그러니 다들 일상 속까지 그 화제를 끌고 오고 싶지 않은 거다. 그저 가족, 아이, 운동, 맛집 등 소소하고 따뜻한 이야기만 나누며 쉬고 싶다.

그날 이후 나는 회사에서든 친구들과 있을 때든 돈 이야기를 꺼내지 않으려고 한다. 돈 이야기를 많이 하는 사람들을 보면 결핍이 있어 보인다. 결핍에 대한 극복은 결국 스스로 해야 하는데, 남들에게 떠드는 건 인생에서 별 도움이 되지 않을 것 같다. 오히려 남의 자산 상태를 들으며 자격지심만 생길 뿐이다. 차라리 부동산 중개인에게 찾아가 상담하는 게 훨씬 이롭다. 반대로 돈이 많더라도 여기저기 떠벌리면 표적만 된다. 상연도 대학생 때 아이파크에 산다는 이유로 표적이 되었다고 한다. 저 사람은 돈이 많으니까 얻어먹어도 되겠지. 부정하게 부를 쌓은 건 아닐까? 신고할 건 없나?

프랑스 철학자 피에르 자위의 저서인《드러내지 않기》에서는 현대사회에서 자신을 드러내는 건 펜옵티콘의 감시망에 스스로 자신을 노출하는 것과 같다고 한다. 드러냄을 부추기며 스펙터클에 열광하는 곳에서 숨을 곳은 없다. 오히려 드러내지 않는 기술을 습득한 사람만이 복잡한 현대사회에서 진정한 휴식과 유쾌한 삶을 영위할 수 있다고 한다. 우리가 잘 알고 있는 알렉스 퍼거슨 감독의 명언("SNS는 인생 낭비다.")도 같은 맥락이 아닐까 싶다.

이제 더 이상 엄마들 모임에 나가서 오미야콘의 냉기를 느끼지 않는다. 이 모임은 아이들을 잘 키우기 위한 정보 공유 목적이다. 목적에 집중하고 대화를 주도하려고 한다. 여전히 나는 추레하지만 그녀들의 광채 나는 피부와 꼿꼿한 자세에 주눅이 드는 것도 그만뒀다. 어차피 자산 상태는 각자 천차만별이다. 거기서 자격지심을 느끼며 눈치 보느니 차라리 모임에 나가지 않는 게 낫다. 하지만 아이를 잘 키우기 위해서는 이 모임도 필요하니 모임의 목적과 본질에 집중한다.

　　나는 아이스커피를 한 모금 삼키고 큰 목소리로 운을 뗐다.

　　"그래서, 방학 때 스케줄은 어떻게 짤까요?"

골목이 많아
여기저기 숨기 좋은 곳

단, 무례한 사람에게는

웃으며 한마디 할 수 있는 곳.

어딜 가든 사람이 모이는 곳에는 분쟁이 있다. 열 길 물속은 알아도 한 길 사람 속은 모른다는 말처럼 다들 내 마음 같지 않아서 내 예상과 다른 말과 행동을 하는 사람들이 있다. 다행히 이 동네 살면서 사람들과 큰 분쟁은 없었다. 내가 일을 해서 사람들과 접촉하는 시간이 절대적으로 부족하기도 하고 대부분 점잖은 분들이라 딱히 문제가 생길 일이 없었다. 그럼에도 안 마주치고 싶은 사람이 지금까지 딱 두 부류 있다.

먼저 과격한 가족들이다. 이런 경우는 부모가 과격하다기보다는 아이가 과격한 경우다. 콩 심은 데 콩 난다는 말이 무색하게도 과격한 아이 부모들은 대체적으로 무기력하다. 놀이터에서 나뭇가지를 휘두르는 아이를 보며 나뭇가지를 뺏기보다는 그루터기에 앉아 한숨만 쉬고 있다.

한번은 우리 아이가 그 아이에게 맞아서 눈 주변에 크게 멍이 든 적이 있다. 아이 엄마가 사과는 했지만 우리 가족의 놀란 가슴을 달래는데 그 정도 사과는 역부족이었다.

나였다면 때린 아이를 데려와서 우리 아이에게 사과하게 하고 치료비를 확인하고 우리 아이가 다 나을 때까지 종종 들여다봤을 것 같다. 하지만 문제 아이의 부모는 "죄송해요"가 끝이었다. 사과까지 무기력했다.

동네 병원에서 안와골절이 의심된다고 해서 아이를 데리고 대학병원으로 뛰어가 CT를 찍고 온갖 검사를 하는 도중에도 그 아이는 다른 애들을 때리고 있었다. 다행히 우리 아이 상태는 괜찮았다. 결과적으로 큰일은 아니어서 따로 연락하진 않았지만 대처가 아쉬웠다. 대화가되는 상대가 아니라는 결론을 내리고 피하며 살기로 했다. 그집과 집이 가까워서 한동안 마주칠까 봐 조마조마

하긴 했는데 신기하게도 5년 동안 단 한 번도 마주치지 않았다.

또 피하는 부류는 허세 부리는 사람들이다. 청담동에서 허세 부리는 사람은 정말 찾기 힘들다. 이전 글에서도 언급했듯이 드러내는 걸 조심하는 사람들이 많고 어설프게 자랑했다가 코 깨지는 경우가 많기 때문이다. 그럼에도 간혹 '해맑게' 허세를 부리는 사람들이 등장한다. 그런 분들을 보면 좀 치기 어린아이처럼 보이기도 하고 어른의 대화에 적절한 상대는 아니란 생각이 든다.

한번은 초대를 받아 어떤 집에 놀러 간 적이 있다. 떡볶이와 순대를 펼쳐놓고 허겁지겁 먹는데 보르도 와인을 들고 온 서윤 엄마가 자꾸 "제가 이 동네를 오래 살아서요"라는 말을 했다. 물론 혹자가 보기엔 순수한 의도로 읽힐 수도 있지만 내가 보기엔 은근히 상대방을 깎아내리는 느낌이었다.

서윤 엄마는 대화 내내 테이블을 둘러싼 사람들의 자산과 사회적 지위 상태를 파악하고 자신보다 낮은 사람들을 무시했다. 특히 옷을 수수하게 입고 술을 한 잔도 못 마시는 채원 엄마를 무시하는 게 느껴졌다. 애엄마가 이렇게 입고 다니면 안 된다고 사람들이 무시한다면서 자기가 아는 리셀러를 소개해줄테니 가방이나 옷을 하나 지르라고 종용하기도 했다.

그만 하라고 제지하고 싶었는데 같이 있는 엄마들이 나보다 나이가 많은 데다 다들 좋게 좋게 넘어가려는 것 같아서 나도 가만히 있었다. 서윤 엄마가 나에게 질문을 하기 전까지는 말이다.

"바하 엄마, 어려서 좋겠다. 이 나이에 이 동네 사는 거 여자 회사원들 로망 아니야?"

그냥 "네, 맞아요" 하고 가만히 있었어야 했는데 그날 따라 회사 일로 스트레스를 받았던 터였다. 눈앞에 있는 물티슈 두 장을 거칠게 뽑아 입 주변에 흥건히 묻은 떡볶이 국물을 훔치고 한마디 했다.

"서윤 어머니, 이 동네 얼마나 오래 사셨어요?"
"음, 나? 9년 정도 살았지. 결혼할 때 이사왔거든."

"아… 그렇군요. '어린' 저는 이 동네 산 지 10년 넘었고, 제 옆에 진우 엄마는 청담자이가 한양아파트이던 시절부터 살았어요."

내 말에 서윤 엄마의 동공이 흔들렸다. 옆에 있던 진우 엄마가 내 허벅지를 툭 쳤다. 굳이 왜 상대를 하냐는 듯이. 하지만 허기졌던 내 입술은 떡볶이 흡입을 멈추게 한 서윤 엄마에게 분노하며 한마디 더 쏟아내고 말았다.

"채원 어머니는 진흥아파트 입주하신 분이에요. 여기 허허벌판일 때 쌀 포대 들고 청담공원 언덕에서 눈썰매 타던 분이고요. 그냥 모르시는 것 같아서 말씀드려요."

나의 폭탄 투하로 흥겨웠던 테이블 위가 얼음장이 됐다. 그 뒤로 술을 진탕 먹어서 기억은 잘 안 나는데 다음 날 아침, 진우 엄마와 채원 엄마에게 연락이 왔다. 어제 너무 사이다긴 했는데 안 그래도 된다며. 저런 사람 한두 명 보냐고 말이다. 앞으로 그러려니 하고 좀 넘어가라고 했다. 역시 청담동 찐로컬다운 반응이었다.

그날 이후 서윤 엄마와는 내가 피하는 건지 그녀가 피하는 건지 서로 마주친 적이 없다. 아이들이 같은 학교에 다녀서 학원에서 서윤이는 보이는데 서윤 엄마가 안 보여서 진우 엄마에게 살짝 행방을 물었다.

"이 동네가 그래. 여기가 안 마주치려면 안 마주칠 수 있는 동네야. 대단지 아파트가 있는 것도 아니고 다 골목길 굽이굽이 있으니 숨어 다니려고 맘 먹으면 숨어 있을 수도 있고. 내 생각엔 서윤 엄마가 바하 엄마 무서워서 도망 다니는 것 같아."

진우 엄마의 말을 듣고 찬찬히 이 동네를 살펴보니 정말 안 마주치려고 마음을 먹으면 피할 수 있을 것 같았다. 스무 걸음 정도 걸으면 골목이 하나 나오고, 또 스무 걸음 정도 걸으면 골목이 나온다. 저 멀리서 누군가가 보이면 대략 보폭과 속도를 파악해서 아는 척할 수도 있고 모르는 척 옆길로 새어버릴 수도 있다.

아마도 넓은 공간을 공유하고 대형 상가를 가진 대단지 아파트에서는 쉽지 않을 수 있다. 대단지에 사는 친구가 매번 마주치는 불편한 사람들에 대해 고민을 토로한 적이 있다. 같은 마트를 다니고 같은 상가를 쓰기 때문에 편하든 불편하든 사람들과 계속 마주친다. 골목이 많고 주거 형태가 균일하지 않은 이 동네는 내 동선의 경우의 수를 다양하게 할 수 있다. 안 마주치려 다짐하면 같은 단지에 살아도 안 마주칠 수 있다.

가장 좋은 건 피할 사람이 없는 거다. 가능하면 이웃 주민들과 허허실실 잘 지내보려 한다. 하지만 모두 내 마음 같지 않기 때문에 크고 작은 분쟁은 피하기 어렵다. 그래도 그런 분쟁이 있을 때 후일을 걱정하며 남 눈치를 보기보다는, 무례한 사람에게 웃으며 한마디씩 할 수 있는 곳이 바로 이곳인 것 같다.

청담동에서는

돈 이야기를 하지 않는다.

'Where Are You REALLY From???'이라는 유튜브 영상이 있다. 이 영상은 흑인 여자와 백인 남자가 소개팅을 하는 장면에서 시작한다.

여자는 카페 분위기에 감탄하며 남자 앞에 앉는다. 남자는 이 장소가 자신이 가장 좋아하는 곳이라고 하며 여자에게 이사 온 지 얼마 됐냐고 묻는다.

여자는 자신은 이곳에 오래 살았다고 한다. 그 말을 들은 남자는 코끝을 찡긋거리며 "어디서 살다 왔어?"라고 묻는다. 흑진주색 피부결을 가진 여자는 자신의 팔을 쓸어내리며 "플로리다"라고 답한다. 그러자 남자는 뭔가 잘못 들었다는 듯 고개를 갸웃거리며 "아니, 진짜로 어디서 왔냐고"라고 되묻는다("No, Where are you from, from!").

여자는 자신이 마이애미에서 한 시간 떨어진 웨스트 팜 비치에서 왔다고 한다. 남자는 고개를 절레절레 저으며 '진짜로' 어디서 왔냐고 강한 어조로 말한다. 여자는 이제야 질문의 뜻을 알았다는 듯 손뼉을 한 번 치더니 "플로리다"라고 다시 답한다.

남자는 더 이상 돌려서 말하기 지친다며 직설적으로 질문한다.

"너네 부모님이 어디서 오셨냐고 묻잖아!"

"플로리다!"

"너네 조부모님은 어디서 오셨어?"

"플로리다!!"

더 이상 남자는 참지 못하겠다며 자신이 대신 답을 한다. 아이티? 자메이카? 수리남? 하지만 여자는 여전히 "플로리다"를 외친다.

남자는 질문을 다시 바꿔서 '너의 사람들'이 어디

서 왔냐고 묻는다. 여자는 이마에 주름을 잔뜩 구기며 "나의 사람들이라고?" 하며 되묻는다. 여자는 휴대전화를 꺼내서 자신의 친구들을 보여주며 모두 미네소타에서 왔다고 말한다. 남자는 다시 '최초에 (originally)' 어디서 왔냐고 묻는다. 그럼 여자는 최초에 태양계에 빅뱅이 있었고 응축된 입자들로 인해 자신이 왔다고 한다. 남자는 고개를 저으며 예시를 들어준다.

"나의 4분의 1은 독일인이고, 13분의 5가 원주민이야!"

그때 서빙을 하던 진짜 원주민 남자가 나타나 원주민어로 인사를 한다. 원주민의 인사말을 이해 못 하는 백인 남자는 자신의 가족 중 일부가 원주민이라고 정정한다. 그랬더니 원주민 남자는 "너는 미국인이 아니야. 너는 어디서 왔니?"라고 웃으며 묻는다. 백인 남자는 자신의 조상들은 메이플라워호(1620년 필그림 파더스(Pilgrim Fathers)를 태우고 영국에서 미국 대륙으로 건너간 배)를 타고 왔다고 한다. 그 말에 원주민 남자는 이렇게 말한다.

"너는 영국에서 왔어. 그러면서 앞에 여성분에게 어디서 왔냐고 계속 물으며 괴롭히는 거야? 커피나 마셔!"

원주민 남자는 떠나고 여자는 짜증을 낸다.

"내가 너에게 플로리다에서 왔다는 걸 설명하는 게 왜 이렇게 힘드니?"

이 영상은 미국 유색인종들이 겪는 무례한 상황을 풍자하는 영상이다. 꼭 미국만이 아니더라도 어느 곳에나 상대방이 하는 말을 그대로 이해하지 않고 이면의 것을 보려는 사람들이 있다. 영상에 나오는 백인 남자 같은 사람은 평생 안 만나고 싶지만 생각보다 잦은 빈도로 이런 사람들을 만난다.

"집이 어디에요?"

"저는 집이 종로에요."

"약간 억양이 있는데, 고향이 서울이에요?"

"스무 살 때 서울로 올라왔죠."

"그럼 전에는 어디 살았어요?"

"전에는 지방에서 살았어요."

"지방 어디요?"

"○○광역시요."

"아, 시골이네. 거기서 서울로 대학 올 정도면 전교에서 1등한 거 아니에요?"

"저 전교에서 40등 했는데요."

"비평준 고등학교 나왔군요?"

"아닌데요. 평준화 고등학교인데요."

처음에는 불쾌함을 느꼈다. 하지만 저런 사람을 많이 보다 보니 눈앞에 있는 것보다 이면의 것을 파고드는 게 사회생활의 디폴트라는 생각이 든다. 이제는 해탈의 경지에 이르러서 새로운 사람들을 만나면 궁금해진다. 이 사람은 어디까지 파고들까.

그간의 경험 덕분에 새로운 사람을 만나면 나의 신상에 대해 어느 정도 오픈을 하는 편이다. 대략 시나리오가 머리에 그려지기 때문에 근의 공식처럼 줄줄 읊어줄 수도 있다. 그런데 청담동에서 생활하면서 아무도 나의 과거에 대해 묻지 않았다.

"집이 어디에요?"

"청담역에 ○○아파트예요."

"그렇구나. 가깝네요. 우리 뭐 먹을까요?"

가끔 직업 정도 물어보는 분은 있었는데 내가 하는 대답의 이면까지 파악하려는 분은 없었다. 보통이라면 '○○아파트 살아요. 언제부터 살았는데요? 결혼하면서요. 그럼 원래 집은 어디세요? 원래 집은 지방 ○○광역시요. 멀리서 오셨구나. 집은 전세에요?'까지 흘러가야 하는데 어느 누구도 지금 거주하는 곳 위치 외에는 묻지 않았다. 이런 분위기에 익숙해져서 그런지 나도 자연스럽게 누군가에게 신상에 대해 거의 묻지 않는다.

단점도 있긴 하다. 나도 타인에 대해 예측이 안 된다는 점이다. 가끔 어떤 사람은 묘하게 사투리를 쓰는 것 같아서 나와 같은 지방 출신인지 물어보고 싶기도 했다. "혹시…" 하고 운을 뗐다가 맑은 눈동자를 마주하면 더 이상 파고드는 걸 포기하게 된다. 그저 이 사람 자체만 알자는 마음에 입을 열기보다는 귀를 연다. 귀를 쫑긋 세우고 그들의 이야기를 듣다 보면 한 가지는 확실히 알 수 있다.

대체적으로 금수저라는 것.

어쩌다 실수로 상대방에 대해 깊게 물어볼 때가 있는데 그럴 땐 내가 상처받는 상황이 생겼다. 나이도 어리고 예쁜데 집까지 부자인 사람. 그런 사람들은 꼭 구김살 없이 성격도 좋다. 티 없이 맑은 사람 속에서 마음속에 어둠을 키우는 내가 느껴졌다. 그때 느끼는 감정은 비참함이었다.

어느 날, 지민을 만났다.

청담동 대장금 혜연 언니 집에 반찬을 얻으러 갔다가 만나게 된 지민은 보통의 청담동 사람들처럼 수수하면서 귀티나는 사람이었다. 대장금 언니는 당근, 버섯, 양파 등 야채 무더기를 던져주며 잡채용으로 얇게 썰어달라고 했다. 데면데면한 상태에서 마주 앉아 칼질을 하게되어 민망했지만 혓바닥째 넘어갈 듯한 대장금 언니의 맛있는 잡채를 생각하니 기분이 들떴다. 잠깐의 침묵이 있었지만 우리는 도마에 부딪치는 칼소리를 리듬 삼아 이런저런 대화를 나눴다.

"그럼, 시드니도 회사 다녀요?"

"네, 지민 씨도요?"

사업을 하거나 프리랜서가 많은 이 동네에서 '회사원'이라는 공통점만으로도 우리는 금세 친해졌다. 컨설팅 회사를 다니다가 이직 타이밍에 잠시 쉬고 있다는 지민은 라이프 스타일이 대체적으로 나와 비슷했다.

아침에 출근해서 하루종일 오피스에서 일하다가 저녁에 집에 돌아오는 삶. 청담동 인프라를 저녁과 주말에만 쓸 수 있지만 웬만해서는 집밖에 잘 안 나오는 것도 비슷했다.

컨설팅업계가 호황이라 연봉이 높을 것 같다고 하니 지민은 양파 썰던 칼을 탁 내려놓으며 시급으로 따지면 편의점 알바보다 못하다는 푸념을 했다. 아랫입술을 깨무는 그녀의 얼굴에서 초면에 느꼈던 우아함 대신 휘발유에 쩔은 A4 용지 냄새가 났다. 그녀가 청담동 사람들과 조금 다르다는 생각을 하고 있는데, 지민은 놀라운 단어를 입 밖으로 꺼냈다.

"생활자금대출을 받아야 할 것 같아요."

그 순간, 지민에게 'Where are you really from?'이라고 묻고 싶었다. 청담동에 사는 사람이 생활자금대출이라니. 마치 삼성전자 회장이 영화 〈기생충〉에 나오는 반지하에 산다는 이질감이랄까? 주택담보대출이나 사업자금대출이 아니라 생활자금대출이라는 말은 인지부조화를 불러왔다. 혹시 그녀도 이 동네 사람이 아니지 않을까? 나처럼 다른 지역에서 온 사람이 아닐까 하는 궁금증이 일었다.

직접적으로 물으면 실례일 것 같아서 맥락과 전혀 상관없는 고등학교 이야기를 꺼냈다. 내가 나왔던 고등학교 이야기를 하면서 원래 하고 있던 대화에서 화제를 돌렸는데 그녀도 자신의 고등학교 이야기를 시작했다. 학교 다닐 때 연예인들이 많았고 이제 학교가 반포로 이전한다는 말을 했다. 지민은 청담고를 졸업한 청담동 토박이었다.

다행히 지민의 '생활자금대출' 무게는 가벼웠다. 몇 달 뒤 복직하면 금방 갚을 수 있는 돈이라고 했다. 같이 만든 잡채를 먹으며 도란도란 대화를 나누다가 뭔가 공통점을 만들어야겠다는 압박감에 나의 주식계좌를 공개했다. 마치 불행을 공개해야만 하는 사춘기 여고생처럼 마이너스 30퍼센트인 주식계좌를 보여줬다. 지민은 눈 하나 깜짝 안하더니 파란색 40퍼센트가 찍힌 자신의 계좌를 보여줬다. 떨어지는 낙엽만 봐도 깔깔 웃는 여고생처럼 우리는 눈을 마주치고 함박웃음을 지었다. 아마도 청담동에서 제일 주식 못하는 사람이 지민과 나일 것이다.

지민이 금수저인지 아닌지는 모른다. 그런 이야기를 애초부터 하지 않으려고 한다. 대체적으로 청담동의 생활 수준은 천차만별이다. 20평 빌라에 사는 가족도 있고 100평 빌라에 사는 집도 있다. 건물주도 있고 세입자도 있다.

빈부격차 스펙트럼이 대한민국에서 가장 넓은 이곳은 서로 조심하고 돈 이야기를 하지 않는다. 괜히 돈 이야기 했다가 망신을 당할 수 있고 누군가에게는 상처를 줄 수 있으니까. 누군가에게 부를 자랑하거나 괜한 정보를 오픈하면 좋은 일로 돌아오지 않는다는 걸 다들 암묵적으로 알고 있다. 혹여 눈치를 채더라도 말하지 않고 살아가는 것, 그게 청담동에서 배운 삶의 지혜다.

사는 곳이 나를
다 말해주진 않는다

청담동에는

빌라 거지가 없다.

'빌거('빌라 거지'의 줄임말)'라는 말이 세상에 나왔을 때 많은 사람들이 충격을 받았다. '당신이 사는 곳이 당신을 말해 줍니다'라는 어느 아파트 광고처럼 사는 곳으로 사람을 판단하는 건 만연한 세태였다. 한국 주거 형태 대부분을 차지하는 건 아파트고, 그곳에 살지 않는 사람들을 빈곤하게 보는 시선도 여전히 존재했다. 다만 사람들이 경악한 건 이를 단어로 만들어서 입 밖으로 내뱉는 아이들의 천진함이었다.

청담·삼성·대치 등 강남지역에 거주하면서 보니 '빌거'라는 단어는 초등학생처럼 치기 어리고 사회 경험 없는 사람이어서 쓰는 단어라는 생각이 든다. 이 동네 살면서 빌라에 사는 사람들을 많이 봤지만 '거지'는 한 명도 보지 못했다. 오히려 빌라에 사는 사람들은 아파트에 사는 사람들보다 공간을 더 자유롭게 변형하고 옥상에 텃밭을 꾸미는 등 삶이 더 풍요로워 보인다.

사실 나도 실수를 한 적이 있다. 아파트 놀이터에서 만난 엄마와 아이가 있는데, 빌라에 살아서 동네 놀이터를 전전하고 있었다. 속사정은 잘 모르지만 남의 놀이터를 투어하며 천진난만하게 노는 그 집 아이가 안쓰러워 가끔 과자나 바나나우유를 나눠 먹었다. 그럴 때마다 그 엄마는 꼭 뭔가를 보답으로 사왔다. 나는 "어후, 괜찮아요" 하며 언제든 우리 아파트에 놀러 오라고 등을 토닥여주기도 했다.

그러던 어느 날, 그 엄마가 나와 우리 아이를 집으로 초대했다. 그날은 아이와 바깥 놀이를 갔다가 오후에 가기로 해서 차로 이동해야 했다. 주차장도 좁을 텐데 차를 가져가는 게 민폐일 듯해서 조심스럽게 물었다.

"혹시 차를 가져가도 될까요?"

"아, 여기 발렛 기사님이 계세요."

그 말을 듣고 집이 상가 안에 있는, 아주 가난한(?) 집이란 생각에 양손 가득 선물을 들고 찾아갔다. 알려준 주소에 도착해서 보니 친절한 발렛 기사님이 계셨다. 키를 맡기고 5층에 왔다고 하니 유독 더 파안대소하는 발렛 기사님을 봤을 때 눈치챘어야 하는데. 문이 열리고 집 안까지 들어가고 나서야 알게 됐다.

'아… 건물주구나!'

청담동에서 '빌라에 산다'는 건 건물주일 가능성이 꽤 높다. 같은 동네 기준 아파트에 세입자로 사는 사람과 빌라 소유주를 비교하면 빌라에 사는 사람이 더 부자일 수 있다. 어느 곳에 살건 '거지'라는 프레임을 씌우고 조롱하는 건 몰라도 너무 모르고, 단순해도 너무 단순하며 삶의 경험이 일천한 어린아이다운 발상이란 생각이 든다.

빌거든 휴거든 엘사든 주거 형태로 사람을 가르는 세태는 안타깝다. 나도 어렸을 때 빌라에 사는 세입자였다. 그때는 어느 누구도 나에게 '빌거'라고 부르지 않았다. 우리집은 친구들 사이에 아지트였고 하교 후 옥상에서 만화책을 보며 낭만을 즐겼다. 요즘 세태를 보며 사는 곳으로 거리를 두거나 차별하지 않고 동등하게 대해준 친구들에게 고마운 마음까지 든다.

그나저나 곧 아이가 초등학교에 가는데, 우리 아이한테 '아거(아파트 거지)'라고 부르면 어떡하지? 빌라로 이사가야 하나.

청담동에는 맘카페가 없다

동조나 공감이

필요 없는 사람들.

청담동과 관련 글을 쓰다 보니 유입 키워드 중에 '청담동 맘카페'도 꽤 보인다. 언덕 많고 사람들이 숨어다니는 이 동네에서 얼마나 정보 찾기가 힘들었으면 아무 정보 없는 이 브런치 계정까지 찾아왔을지 그분들의 답답함에 위로를 보내드리며, 내 계정의 무용함에 사과드린다.

결론부터 말하자면 청담동에는 활성화된 맘카페가 없다. 길 건너 삼성동에는 '잠실맘&삼성맘'이라는 맘카페가 있다. 물론 삼성동도 생활환경은 청담동과 큰 차이는 없지만 그나마 테헤란로 상권을 끼고 있고 신축 대단지가 있어 온라인 커뮤니티가 있긴 하다. 하지만 '잠실맘&

삼성맘'이라는 맘카페도 삼성동보단 잠실 중심이다. 메뉴에 잠실 아파트 이름은 8~9개 있는데 삼성동 아파트는 딱 세 개만 있다. 아마도 카페를 개설한 운영진이 삼성동에 있다가 잠실로 이사간 분이거나 삼성동에 가족이 살고 있는 게 아닐까 싶다.

문득 청담·삼성맘들은 왜 맘카페 활동을 안 하는지 궁금해진다. 청담역 부근에 처음 이사왔을 때 맘카페를 열심히 찾았던 기억이 있다. 그러다가 결국 포기하고 대치맘, 서초맘에 가입했는데 대치동은 교육 정보가 부담스러워서, 서초맘은 생활권역과 맞질 않아서 활동을 포기했다. 막 이사를 한 데다 정보를 구할 곳이 마땅치 않아서 맘카페가 간절한 시절이었는데, 몇 년 동안 찾아봤지만 이 동네를 권역으로 하는 맘카페는 없었다.

맘카페가 없다는 건 어떤 의미일까. 반대로 맘카페가 활성화된 지역은 어떤 특징이 있을까. 서울의 경우 서초맘, 마포맘, 강동맘이 가장 활성화되어 있고 경기권의 경우 운정신도시, 김포신도시, 동탄신도시가 활성화되어 있다. 이 지역들의 공통점은 신축 대단지들이 모여 있고 원주민보다는 신규 유입된 사람들이 많다는 점이다. 맘카페가 유지되려면 신규 유입이 활발해서 정보를 탐색하려는 사람들과 어느 정도 자리를 잡아 정보를 많이 보유한 사람들이 공존해야 한다. 물론 이 정보도 너무 철 지난 정보면 안 된다. 새로운 정보를 지속적으로 주입해줄 수 있는 사람들이 많은 곳에서 맘카페가 활성화된다. 결국 맘카페라는 곳이 이런저런 폐해도 있지만 '정보 공유' 속성이 가장 강하니까.

그럼 청담동 어머니들은 왜 '정보 공유'에 간절하지 않은 걸까. 이 동네 10년 살면서 내린 결론은 두 가지다.

첫째, 이 동네는 신규 유입보다는 원주민들이 많이 산다. 어릴 때부터 이 동네 산 사람들이 많다 보니 굳이 정보에 급급하지 않는다. 오고 가는 인구도 적어서 상권도 큰 변화가 별로 없다. 야심차게 진입했다가 망해서 나가는 상가들이 많아서 신규에 대한 신선함과 간절함이 좀 떨어진다. 오히려 오래 한자리를 지키고 있는 가게들이 주민들에게 사랑받는다.

청담동 성당 근처에 '곤트란 쉐리에'가 들어왔을 때

마주 보고 있는 오랜 빵집 원제과를 걱정했지만 결과적으로 원제과는 살아남고 곤트란 쉐리에 자리는 계속 주인이 바뀌는 중이다. 이곳은 새로운 자극보다는 원주민에게 안정감을 주는 것이 지속성이 높다.

두 번째는 집단의 불균일성이다. 커뮤니티가 형성되기 위해서는 공통 분모와 동시에 상대방과 나와 비슷할 것이라는 안심감이 동반되어야 한다. 맘카페가 활성화된 지역은 신축 대단지가 많은 곳이다. 대략 비슷한 경제 사정을 가진 사람들이 모여야 공감력도 높아지고 위화감 없이 친목을 다질 수 있다. 청담동은 내가 살아본 곳 중에 가장 집단이 불균일한 곳이다. 1만 원 한 장에 종종 거리는 맞벌이 가정과 에르메스 백을 색깔별로 가지고 있는 가정이 공존하며 사는 곳이다. 말 한마디, 행동 하나하나가 조심스러운 곳이기에 마음을 터놓고 내 사정을 공개하기 쉽지 않다.

맘카페가 없어도 청담동 어머니들은 평온하게 잘 산다. 맘카페에 대해 여러 견해가 있지만 아이를 키우는 데 있어서 맘카페는 계륵이라고 본다. 있으면 있는 대로 없으면 없는 대로 살 수 있는 존재. 아이가 커갈수록 불특정 다수가 제공하는 정보보다는 2~3년 앞서 또는 6~7년 앞서서 아이들을 잘 키우고 있는 어머니 한 분이 실질적인 도움을 준다. 감사하게도 내 주변에 그런 분들이 계신다. 우연히 오고 가다 만난 분들인데 아이들이 바르고 똑똑해서 실례를 무릅쓰고 종종 상담을 한다. 내 상황을 잘 아는 분이기에 항상 현답을 주신다.

맘카페를 찾아 헤매고 있다면 주변에 아이를 잘 키우고 있는 어머니 한 분을 찾아보는 걸 추천합니다. 그 한 분이 10만 명이 활동하는 맘카페보다 더 혜안을 주실 겁니다.

청담동 사람들은 혼자 다닌다

평일 오후 1시 30분. 인적이 드물던 학동로가 붐비기 시작한다. 바로 인근 초등학교 하교 시간이다. 오전 시간 내 자취를 감췄던 동네 엄마들이 약속이라도 한 듯 한꺼번에 쏟아진다.

나는 휴가를 내고 집에 누워 있다가 학원 가는 아이 모습을 몰래 볼까 싶어 초등학교 근처 카페에 앉아 밖을 바라보고 있었다.

카페 위치가 삼성동과 청담동 사이에 있어 내 시야를 기준으로 왼쪽에서는 삼성동에서 오는 사람들, 오른쪽에서는 청담동에서 오는 사람들이 보였다. 대부분 모르는 사람들이지만 가끔 아는 얼굴들이 보여 유리창을 사이에 두고 눈인사를 나누기도 했다. 이 시간에 아이를 직접 데리러 올 수 있는 엄마들이 부럽기도 하면서 잠시 휴직을 했던 기억이 떠올랐다. 대체 언제쯤 회사를 안 다닐 수 있을지 여러 시뮬레이션을 돌려보고 있는데 한 가지 특이점이 눈앞에 들어왔다.

삼성동 엄마들은 둘 또는 셋 이상 짝을 지어 걸어온다. 대단지 또는 중소규모 단지 아파트가 많은 삼성동은 길목이 넓고 오가는 길이 정해져 있어서 움직이는 시간대가 비슷하면 사람들과 마주칠 수밖에 없다. 반면에 청담동에서 오는 사람들은 주로 혼자 걸어오고 있었다. 여기저기 사방팔방으로 뻗은 청담동 골목길에서 갑자기 나타난 사람들.

가파른 청담동 언덕을 혼자 씩씩하게 걸어가는 엄마들의 모습을 멍하니 보고 있는데, 누군가 내 등을 톡 친다. 우리 아이와 같이 주짓수에 다니는 지후의 엄마였다. 방금 발견한 모습을 공유하고 싶어서 청담동 토박이인 그녀에게 물어봤다.

"여기서 보니까 청담동 분들은 혼자 다니고, 삼성동 사람들은 같이 다니네요."

그 말에 지후 엄마의 대답이 인상적이었다. 청담동은 대단지 아파트보다는 빌라가 많아서 같은 초등학교에 다녀도 마주치는 일이 드물다고 했다. 아파트에 살면 굳이 약속을 잡지 않아도 놀이터나 분리수거장에서 만나게 된다. 상가가 있으면 사람들이 그곳에 모여들면서 자주 마주치고 커피 한잔 하는 환경이 형성되지만 청담동은 그게 어렵다고 했다. 게다가 기본적으로 사업하는 사람들이 많아서 서로 정보를 공유하며 친밀해지기가 쉽지 않다는 것이다. 자산 격차도 크고 삶의 형태가 각양각색이라 적극적으로 다가가기 조심스러울 수밖에.

반면에 아파트촌이 많은 삼성동의 경우 사업하는 분들도 있지만 직장인 비중도 꽤 높다. 나도 아파트에 살고 있지만 우리 라인이나 같은 동에 사는 분들의 주거 형태나 라이프 스타일이 비슷하다. 그래서 서로 공통점을 찾기 쉽고 집 구조도 뻔히 알기 때문에 서로 집을 오가면서 친밀하게 지낼 수 있다. 특히 아파트에서 어린아이를 키우는 가족들은 긴급상황일 때 아이를 서로 맡아 주기도 한다. 데면데면하다가 한 번이라도 아이 픽업을 도움 받으면 거의 가족과 같은 유대가 형성된다. 김치도 나눠 먹고 책도 나눈다. 현대사회에서 이웃끼리 모여서 이런저런 정보를 공유하고 도움받는 삶이 가능한 게 아파트다.

청담동은 이웃들과 교류가 별로 없는 가족들이 많다. 정보를 서로 공유하면서 최선의 선택을 하는 대신 스스로 정보를 알아내 자신에게 맞는 결정을 하는 편이다. 단편적인 예로 대치동에서 오는 학원버스들은 삼성동에 훨씬 많이 멈춘다(물론 물리적 거리가 대치동에서 삼성동이 더 가깝다). 자산이나 교육열이 비슷한 상황에서 청담동이 아이들을 학원에 내몰기보다는 소신껏 키우는 비중이 더 높은 듯하다.

보폭을 넓혀 언덕길을 홀로 올라가는 분을 보며 혼자 살아가는 마음에 대해 생각했다. 청담동, 삼성동 사람들과 각각 어울리다 보면 신기한 부분이 있다. 단둘이 대화할 때 청담동 사람들이 훨씬 편안하다는 점이다. 사람마다 차이는 있겠지만 "요즘 어떻게 지내세요?"라고 물었을 때 단편적인 정보가 아니라 자신에 대한 이야기를 깊이 있게 꺼내주는 분들이 청담동에 많았다. 특히 미술작가인 지후 엄마와는 처음 만난 날 네 시간 이상 대화했다. '창작'이라는 공통점을 가진 우리는 예술에 대해 꽤 오래 대화했다. 정보가 넘쳐나는 요즘 같은 세상에서 나를 어떻게 굳건히 세워야 하는가에 대한 주제로도 이야기를 나눴다. 나보다 네 살이 많은 지후 엄마는 자신이 세상을 어떻게 바라보는지 어떻게 삶을 영위할 것인지 자세히 이야기해줬다. 그녀와 대화 후에 조금 더 단단한 사람이 된 느낌이 들었다.

만화 〈도라에몽〉에 이런 대사가 나온다.

어른들은 불쌍해.
의지할 수 있는 더 큰 어른이 없잖아.

나이를 먹을수록 가르침을 주는 사람을 만나는 일이 드물다. 이제는 내가 누굴 가르치거나 알려주지 않으면 나의 효용가치가 떨어지는 시대다. 누군가에게 알려줄 수 있는 건 알려주려고 하지만 이게 맞는지 틀린지 모르는 불안한 순간들이 많다. 그럴 때 혜안을 들려주는 어른들을 만나러 간다. 그런 사람들과 대화하고 나면 바람이 빠진 것처럼 공허해지지 않고 한 꺼풀 벗겨진 느낌이 든다. 난잡하고 어려운 세상에서 정신줄 붙들고 깨어날 수 있는 힘을 주는 분들과 오래 함께하고 싶다.

❖ 청담동 며느리룩의 실체

청담동엔 없는

청담동 며느리룩.

가끔 사무실에 정장을 입고 갈 때가 있다. 중요한 수입상이 방한하거나 많은 사람들 앞에서 발표를 해야 할 땐 장롱에 묵혀둔 정장을 꺼내 입고 진주 귀걸이를 건다.

오랜만에 꾸민 내 모습을 보고 동료들이 외친다. 이제야 좀 청담동 며느리같네! 그럴 때마다 머릿속에 물음표가 떠오른다. 청담동 며느리, 그녀의 실체는 과연 누구일까.

인터넷 쇼핑몰을 보다 보면 고급스럽고 단아한 옷차림을 '청담동 며느리룩'이라고 부른다. 단정하면서도 포인트가 있어야 하고, 눈에는 띄지만 과하지 않고 은은하게 날씬한 몸매가 드러나는 룩. 가장 중요한 포인트는 자수성가한 느낌보다 명문가에 시집온 느낌이 나야 한다. 그게 바로 소위 말하는 청담동 며느리룩이다.

명문가라고 하면 사회적 신분과 지위가 높은 사람들일 텐데, 과거에는 양반집이었겠지만 요즘으로 치면 재벌이라고 할 수 있지 않을까 싶다. 다만 청담동 며느리룩을 입는 사람들이 재벌가 소속이라고 했을 땐 모순이 생긴다. 재벌들은 대체적으로 강북에 살기 때문이다.

재벌닷컴에 따르면 대기업 총수들이 현재 살고 있는 주소지는 100명 중 97명이 서울이다. 이 중 74명은 강북에 살고, 강남에 살고 있는 대기업 총수는 23명 정도. 강남이 대한민국 부촌이라고 하지만 대한민국 상위 1퍼센트 부자들은 여전히 강북, 그것도 성북동에 산다.

재벌들이 성북동에 모여 사는 데는 풍수적인 이유가 크다. 실제 재벌 중에는 풍수를 따지는 사람이 많다. 대표적으로 현대그룹을 일궈낸 고(故) 정주영 회장은 줄곧 종로구 효자동에서 살았고, 갖가지 규제가 많은 비원 옆 계동에 본사를 두고 옮기지 않았다. 이는 "광화문 앞길인 율곡로를 넘으면 안 된다"는 한 역술가의 조언 때문이라는 일화는 유명하다.

성북동과 쌍벽을 이룬 한남동 역시 마찬가지다. 한남동 역시 성북동처럼 부촌으로 자리 잡았다. 고 이건희 삼성그룹 회장을 비롯해 이명희 신세계그룹 회장 등 삼성가 오너들이 일찌감치 점찍었다. 고 구본무 LG그룹 회장, 정몽구 현대자동차그룹 회장, 고 신격호 롯데그룹 회장 등도 한남동에 거주했다고 알려져 있다.

한남동은 교통이 불편해서 왕래하기 쉽지 않고 언덕이 높아 무조건 차로 다녀야 한다. 접근성이 떨어진다는 건 반대로 생각하면 사생활이 보장된다는 장점도 있다.

실제로 한남동에 가보면 이곳에 왜 명당인지 알 것 같다. 앞에는 탁 트인 한강이, 뒤에는 북악산이 자리 잡고 있다. 입에 강아지풀 하나 물고 풍류를 즐기고 싶은 느낌이 난다.

그렇다고 청담동에 재벌이 전혀 없는 건 아니다. 청담역에 있는 진흥아파트에 우리나라 대표 포털 사이트 두 곳의 창업자들이 같은 동에 살았다는 일화가 유명하다. 물론 그분들이 지금은 거주하진 않지만 청담동도 재벌과 아주 동떨어진 지역은 아니다. 다만 전통적인 재벌들은 청담동보다는 강북에 많이 거주하고 있다. 아무래도 단독주택을 지어 부지를 넓게 쓸 수 있고 담을 높이 올려서 프라이버시를 완벽하게 보장할 수 있으니까.

청담동은 단독주택보다는 고급빌라가 많다. 고급빌라도 보안이 철저하지만 단독주택보다는 사생활 보장이 안 되니 개인정보 보호가 중요한 재벌들은 강북을 더 선호할 것 같다.

이 정도면 '청담동 며느리룩'보다는 '성북동 며느리룩'이나 '한남동 며느리룩'이라고 말하는 게 낫지 않을까 싶다. 그럼에도 성북동, 한남동 며느리라는 말은 하는 사람이 없다. 왜 그럴까?

아무래도 청담동이 주는 다소 배타적이고(접근이 어려운) 고급스러운 느낌 때문이지 않을까 싶다. 아이러니하게도 청담동에서 며느리룩을 입고 다니는 분들이 '재벌'일 확률은 매우 낮다. 오히려 청담동에 놀러 왔거나 예복을 맞추러 온 누군가일 확률이 훨씬 높다.

'청담동 사람들은 명품을 안 입는다'라는 글이 브런치에서 큰 사랑을 받았다. 발행하고 정확히 2년 후 35만 뷰를 달성했고 다양한 커뮤니티에 확산되는 경험을 했다.

200자 원고지 30매도 안 되는 글이 내 손을 떠나 퍼지면서 구독자 수도 기하급수적으로 늘었지만 유명인들이 시달린다는 악플 세례도 톡톡히 경험했다. 반대의견을 내는 척하지만 결과적으로는 글쓴이의 인격을 깎아내리는 악플들을 보면서 잠깐 발행한 글을 회수할까 고민도 했다.

악플의 대표적인 의견은 두 가지였다.

1. 글쓴이가 명품이 뭔지 모르는 것 같다.
2. 부자들이 입는 무지 티셔츠도 다 명품이다. 로고만 안 써 있을 뿐.

1번 글을 읽고 흠칫했다. 지적한 대로 명품을 잘 모르는 편이다. 가슴팍을 '샤넬', '루이비통', '에르메스' 글자로 뒤덮지 않는 이상

상대방이 입은 옷이 명품인지 SPA브랜드인지 잘 알아보지 못한다.

1번은 일단 인정. 다만 해명하고 싶은 부분은 2번이다. 지적을 받았다는 사실이 역설적으로 느껴질 정도로 2번 악플이 내가 하고 싶은 말이다. 청담동 사람들은 질 좋은 브랜드 옷을 찾아 입지만 로고가 덕지덕지 박힌 옷을 선호하지 않는다는 거였다.

내가 만난 동네 사람들은 무지 상의에 무지 하의를 입고 다닌다. 댓글에서 어떤 분이 말한 것처럼 브루노 쿠치넬리나 디올일 수도 있다. 이것 또한 가정이고 '죄송한데 목에 붙어 있는 태그를 좀 봐도 될까요?' 하고 옷을 들춰서 어떤 브랜드 옷인지 하나하나 확인할 수도 없는 노릇이다. 내 눈에 보이는 사실과 느낌을 담아 '청담동 사람은 명품을 안 입는다'라고 했다. 에세이라는 것이 개인적인 경험과 감정을 담은 글이니, 에세이를 썼을 뿐이다.

나도 명품을 산 적이 있다. 한창 BTS 뷔가 셀린느 엠베서더로 활동할 때 팬심으로 셀린느 후드를 한 장 샀다. 검정 바탕에 로고가 크게 박혀 있는 옷을 입고 회사에 가니 내 옷에 관심을 갖는 사람들이 많았다. 오, 옷 샀어? 잘 어울린다. 예쁘다.

사실 이 옷은 전혀 예쁜 옷이 아니다. 검정 후드에 흰색 고딕체 로고가 가슴팍을 점령했을 뿐. 브랜드의 로고만 적힌 단순한 디자인의 옷이다. 그럼에도 사람들의 시선을 끌었다. 셀린느 창업자 비피아나의 브랜드 아우라가 느껴지는 워드 마크만으로 사람들은 눈길을 줬다.

하지만 청담동에서 이 옷을 입고 돌아다니면 '옷 샀어요?', '예쁘네요'라는 말을 해주는 사람이 없다. 그냥 아무도 내 옷을 쳐다보지 않는다. 한번 '보여주자'는 생각으로 모임에 입고 나가도 눈길 주는 사람이 없었다. '아니, 나 옷 샀는데 왜 아무도 안 알아주지?'라는 서운한 감정까지 들기도 했다.

결과적으로 이 동네 사람들이 신경 쓰는 건 옷에 박힌 글자가 아니라는 거다. 내가 만난 청담동 사람들은 자신이 가진 물건의 로고보다는 건강, 가족, 내면에 관심이 더 많았다. 물론 가끔 외적인 걸 중시하는 분들이 있긴 하다. 손목에 주렁주렁 목 주변에 주렁주렁 금붙이를 달고 나오는 분들도 있었는데 과시는 결핍에서 온다는 말처럼 뭔가 결핍되어 있었다. 단단한 사람들은 필요에 의해서 명품을 사지 타인에게 보여주려고 명품을 사지 않는다.

한 언론사에서 코인파이어족 12명의 이야기를 담은 피처 기사를 낸 적 있다. 코인으로 몇십 배 몇백 배로 자산을 늘린 사람들은 '자산이 늘어나니 오히려 명품에 관심이 끊긴다'라고 이야기를 했다. 100억 이상 넘는 돈을 모은 코인파이어족 신모 씨(35)는 돈만 생기면 비싼 차를 타고 좋은 집에 살며 뽐내고 싶을 줄 알았는데, 막상 돈이 생기니 사치품에 대한 욕심이 없어졌다고 했다. 오히려 단출한 옷차림에 자동차도 10년 이상 타고 있고 딱히 명품을 사지 않는다고 했다.

코인 부자가 명품을 사지 않는 이유는 여러 가지일 거다. 돈을 아끼며 투자하는 습관을 들여왔던 터라 막상 쓰려니 돈이 아까웠을 수도 있고, 괜히 자랑하는 게 머쓱하고 나쁜 목적을 가진 이들의 타깃이 될까 봐 두려웠을 수도 있다. 다양한 이유가 있겠지만 돈이 넘치는 상태에서는 명품도 하나의 선택지일 뿐이다. 간절히 원하는 무언가가 아니라는 것이다.

회사에 출근하면 아침마다 갈등에 휩싸인다. 아메리카노를 마실까, 바닐라라테를 마실까. 아메리카노를 마시면 속이 쓰릴 것 같지만 부담이 없고 바닐라라테를 마시면 달콤한 맛에 기분은 좋아지지만 살이 찔 것 같다. 대부분 건강을 생각해서 아메리카노를 선택하는데, 그렇다고 해서 내가 바닐라라테를 '선망'하진 않는다. 그저 내 선택지 중 하나일뿐.

부자들의 명품을 대하는 자세도 비슷하다. 돈이 많은 이들에게 명품은 하나의 선택지일 뿐이다. 입고 싶으면 입는 거고, 아니면 안 입는 거고. 그러니 필요와 편의에 따라서 소비할 뿐이다. 선망하던 것이 하나의 선택지가 되어버리면 욕구는 반으로 줄어든다. 거기서 이성적인 생각을 한 스푼 더하면 더욱더 욕망과 멀어진다. 어차피 내가 부자인 건 나도 알고 가족들도 아는데, 명품을 걸치나 안 걸치나 뭐가 다르겠는가. 나는 그 마음과 태도에 대해 이야기하고 싶었을 뿐이다.

악플을 보면서도 글을 회수하지 않은 이유는 이 글에 공감해주는 분들이 훨씬 많아서다. 몇십 개 댓글 중 가장 기억에 남는 건 '이 글을 읽고 내가 더 나은 사람이 된 것 같다'라는 글이었다. 내 글을 읽고 공감할 뿐 아니라 알차게 소화해서 영양소로 만들어준 독자들에게 한없이 감사한 마음이다. 앞으로도 소화 잘되고 몸에도 이로운 글들을 쭉쭉 써 내려가고 싶다.

PART3

청담동에는
왜 독립서점이
없을까

맑을 청 맑을 담,
물 좋은 청담골

끝없는 도전이

일상을 버티는 것보다 낫다.

청담동은 '물'이 좋다. 외모가 뛰어난 사람들이 많아 물이 좋기도 하지만 과거부터 이곳은 '물이 깨끗한' 동네였다. 청담동 105번지에 있던 연못물이 맑아 '언주면'이라는 원 지명보다 '청수골'이라 더 많이 불렸다. 이 지역은 숫골·큰말·작은말·솔모퉁이 등 여러 지명으로 불리다가 1970년에 맑은 연못이라는 의미를 담은 '청담'동으로 통합되고 1975년 강남구 설치에 따라 성동구에서 분할되어 강남구에 편입되었다.

청담동은 1970년대 정부의 강남개발계획과 함께하지만 주변과 개발된 양상이 조금 다르다. 평평한 지면 공사 후에 도미노를 쌓듯 아파트를 지은 반포, 잠실, 대치동과 달리 청담동은 언덕 지형을 보존한 채 개발했다. 한강 나루터에서 앵두나무를 입에 물고 풍류를 즐기던 청수골 조상들의 혼을 달래고자 남겨둔 것은 아니고, 그저 당시 도시개발 기술과 평탄화 작업을 위한 중장비가 부족했을 뿐이다.

언덕 위에 급하게 집을 짓다 보니 집을 많이 지을 수가 없었다. 게다가 여기저기 경사가 굽이치니 일정한 형태의 대단지를 만들 수도 없었다. 그래서 청담동은 소규모 빌라와 단독주택이 많고 한강변(청담자이, 청담삼익)을 제외하면 400세대가 넘는 아파트가 없다. 대형 주거단지가 없으니 마트, 학원, 병원, 약국 등 생활 인프라가 상대적으로 부족하다. 그로 인해 편의성은 조금 떨어지지만 이로 인한 이점도 있다.

청담동은 한적하고 조용하다. 가끔 청담역에서 삼성로를 따라 청담사거리 쪽으로 산책을 하는데 낮에 가도 밤에 가도 광활한 도로변에 사람이 거의 없다.

강남 한복판에 이렇게 낮은 인구밀도가 가능하다니. 회색 보도블록을 밟으며 걷는 게 지루해 아무 골목으로 꺾어 들어가면 각각 개성을 드러내는 건물들과 매장들이 눈에 들어온다.

고개를 들어 주변을 둘러보면 이 동네에는 천편일률적인 것이 하나도 없다. 좁고 경사진 지면이라는 핸디캡 속에서 환경에 도전하고 자신의 개성을 어필하기 위해 부단히 노력하는 것들만 남아 있다. 자신의 정체성을 끊임없이 고민하고, 가장 자기다운 것으로 타인과 다름을 증명하는 것들만.

혹자들은 청담동에 자리를 잡은 곳들을 폄하하기도 한다. 허세, 과시의 상징이 아니냐며. 그런 것이 없다고 할 수는 없지만 개인적으로는 맑은 연못이라는 이름처럼 순수한 느낌을 많이 받았다. 남과 비교하기보다는 자신과 자신의 브랜드에 집중하려는 사람들. 내면의 갈증을 해소해줄 샘물을 찾아 끊임없이 도전하는 모습을 목도하고 있다. 거기서 오는 자극으로 인해 나도 안주하지 않고 여러 도전을 하는 중이다.

보통 청담사거리 버버리 매장 앞까지 산책하고 집으로 돌아오지만 오늘은 SM엔터테인먼트가 있던 청담초등학교 쪽까지 걸어갔다. 에어팟에서는 내가 가장 좋아하는 가수, 보아의 〈Better〉가 흘러나온다.

그만 거기서

한 걸음만 뒤를 돌아보지 말고

걸어와

넌 나를 믿고 그냥 걸어봐

위험한 게 재미나잖아

Can't nobody

tell you how to do it oh

선택은 너의 몫

도전을 해봤나 해볼까

이 가사처럼 청담동은 끊임없는 도전이 일상을 버티는 것보다 낫다고 믿는 모든 것들이 모인 곳이다.

이번 주말에는 청담동 산책 어떠신가요?

⟡ 공포의 쓰리 청담

청담동 엄마들의 비선호 학군인

청담초, 청담중, 청담고가 있는 곳.

청담역 주변에 집을 알아볼 때 1순위로 고려한 건 공원이었다. 유산소 운동을 즐기는 편인데 답답한 헬스장보다는 산들바람을 맞으며 운동하고 싶었다.

이런 조건을 부동산 사장님께 말했더니 청담공원 주변에 있는 아파트를 소개해줬다. 집이 언덕 위에 있긴 하지만 주로 자동차를 타고 다닐 테고, 베란다 바깥으로 보이는 푸르른 녹음이 마음에 들었다. 남편에게 마음에 든다는 눈치를 보냈더니 부동산 사장님이 바짝 다가와 조용히 말했다.

"새댁, 근데 여기 쓰리 청담이야. 다들 애기 어릴 때만 좀 살다가 이사 가더라고. 나름 청담동 대단지인데도 전월세 가격도 앞에 한 동짜리 아파트보다 싸잖아. 이게 다 쓰리 청담이라 그래."

쓰리 청담? 이게 대체 무슨 소린가 싶어 다시 물어봤다. 부동산 사장님 말에 따르면 쓰리 청담이란 이 지역 비선호 학군으로, 청담초-청담중-청담고로 배정되는 단지를 뜻한다. 반대로는 언북초-언주중-경기고(남학생 기준), 언북초-언주중-진선여고(여학생 기준)가 있다.

청담이 세 개면 좋지 않은가? 3관왕이나 트리플크라운 정도 의미를 실어줘야 할 것 같은데 풍기는 뉘앙스는 반대인 듯해서 주변에 사는 지인들에게 수소문해봤다.

먼저 청담초등학교. 청담초는 다른 초등학교에 비해 학생 수가 적다. 보통 초등학교에서는 아무리 적어도 전교생 수가 500명은 넘는데, 청담초는 500명이 채 되지 않았다. 한 학년에 90명도 되지 않는다는 건데, 30명 기준으로 반이 세 개뿐이다.

아이를 청담초에 보내는 분들에게 물어보니 우려보

다는 괜찮다는 평이었다. 다만 학생 간 빈부격차가 크고 아이들 또는 학부모 간 분쟁이 있어도 계속 같은 반이 되는 경우가 많아서 불편한 점이 있다고 했다.

다음은 청담중학교. 쓰리 청담 학군에서 가장 억울한 포지션을 차지한다. 청담중은 생각보다 학생 수도 많고 압구정, 청담 아이들만 배정받는 청담초보다는 논현·삼성동까지 포괄하는 편이라 면학 분위기가 꽤 괜찮다고 한다. 연예인 또는 연예인 지망생들이 적극적으로 학교를 청담으로 옮기는 시기는 고등학교에 진학한 후이기 때문에 중학교까지는 대부분 동네 평범한 아이들이 다녀서 열등감이나 헛바람을 불러일으킬 확률은 낮다고 한다.

그 다음 청담고등학교다. 사실상 쓰리 청담의 부정적 인식에서 가장 큰 비중을 차지한다. 청담고는 SM엔터테인먼트 (구)사옥 바로 뒤에 있어서인지는 모르겠지만 연예인들이 많이 다닌다. 학기 중간에 전학오는 연예인들이 많아 다른 고등학교에 비해 면학 분위기가 형성되기 어렵다고 한다. 대학 입시 결과도 근처에 있는 영동고, 현대고 등에 비하면 왜 청담고를 학부형들이 기피하는지 알 수 있었다. 물론 '될 놈 될, 할 놈 할'이라는 전제에서는 어디서든 잘하겠지만 친구 따라 강남 가는 대한민국 고딩 성향을 고려했을 때는 학부모가 기피할 수도 있다.

실제 청담고의 학업 중단율 역시 4.2퍼센트로 같은 기간 강남구 2.2퍼센트에 비해 높다. 학생들이 외부로 유출되는 빈도가 그만큼 높다는 의미다. 한창 집중해야 할 고등학생 시기에 어수선한 분위기가 형성되는 건 아무래도 여전히 학벌 위주 사회인 우리나라에서 마이너스 요소로 작용한다.

그래도 희망의 끈(?)이 있을까 싶어 저명인사나 연예인 중에 쓰리 청담 출신을 찾아봤는데 내 검색 능력으로 찾는 건 실패했다. 다행히 지인 중에 딱 한 명이 청담초·중·고를 나왔는데 고학력에 대기업을 다니는 분이다. 청담고를 나온 본인 친구들도 비학군(?)지 출신치고는 적당한 학력에 적당한 부를 축적한 사람들이라고 했다.

어쩌면 청담고 학생들이 공부를 안 한다는 건 최근 10여 년 전부터 아이돌 시장이 커지면서 생긴 오해가 아닐까? 옆 아파트에 사는 한의사 선생님 아들도 청담고에 다니는데 학교에 대한 만족도가 꽤 높았다. 사람이 적긴

하지만 아이들이 착하고 공부도 열심히 한다는 게 이유였다.

실제 청담고는 내부인들의 시선과 달리 명문학교다. 입시학원들이 공개한 자료에 따르면 최근 5년간 (2014~2018년) 청담고의 서울대 합격자수(최종 등록자 기준)는 23명으로 전국 최상위권이다. 다만 강남구 소재 같은 공립학교인 경기고(80명)나 개포고(39명)와는 차이가 크고 근접한 압구정고(32명)와도 격차가 있다.

확실히 대치동과 청담동의 학구열은 다르다. 학군이나 학구열이라는 건 교육으로 직업이든 학력이든 삶의 어떤 부분을 극복하려는 사람들에게 중요한 것이다. 청담동 사람들은 이런 면에서 뭔가를 '극복'해야 하는 비율이 적다. 그래서 더욱 청담고가 비록 명문이라고 하더라도 강남 타 지역에 비해 학구열이 떨어지는 게 아닐까 싶다.

이제 '쓰리 청담'이라는 말은 곧 사라질 예정이다. 청담고는 곧 반포로 이사 간다. 이유는 청담고 학생 수가 지속적으로 감소하고 있고 잠원동 학생들은 늘어나고 있기 때문이다. 이사 가는 지역은 아크로리버뷰, 메이플자이 등 대단지들 사이에 있다. 그곳에 가면 지금보다 더 학구열이 높아질 것 같다. 연예인도 별로 없을 테고 입시에 더 방점을 찍는 학교가 될 것 같다.

하나의 바람은 잠원동으로 이사 가더라도 '청담'이라는 지명이 가지고 있는 풍수와 여유는 그대로였으면 좋겠다. 쓰리 청담이었던 이유 중 하나도 강남권 고등학교 치고 '쉼이 있는 곳'이었기 때문일 테니.

∵ 청담동에서 편의점보다 많은 것

청담동 언덕길이

라이프 스타일에 미친 영향.

정확히 빈땅(맥주 브랜드) 레몬에 스낵면을 생으로 부숴 안주로 먹고 싶은 날이었다. 하루 종일 회의만 주구장창 하다가 정작 일을 못 해서 10시까지 야근을 하고 퇴근했다. 말복에 삼계탕집으로 흘러 들어가듯 집 앞 편의점에 들러 맥주 코너로 향했다.

분명 어제까지 있었는데! 빈땅이 있던 자리엔 타이거 맥주가 버티고 서 있었다.

'빈땅 어디 갔어! 오늘 나의 씁쓸하고 답답한 마음은 오로지 빈땅의 톡 쏘는 달콤함만 달랠 수 있다고!'

타이거 맥주 호랑이 그림 앞에서 포효하고 싶었지만

금세 평정을 찾았다. 흥, 편의점이 뭐 여기뿐이냐. 다른 데 가면 되지. 편의점 사장님께 죄송하다는 눈인사를 건네고 나왔다.

아, 그런데 여기 말고 편의점이 어디 있더라. 검색 어플을 켜고 '청담점 편의점'을 검색했다. 헉! 뭐야. 방금 들린 편의점과 지도 앱이 알려주는 가장 가까운 편의점은 상당히 멀었다. 게다가 한겨울에 눈썰매를 신명나게 타기 딱인 청담동 언덕을 내려갔다 다시 올라와야 한다. 허탈한 마음에 포기할까 하다 오늘은 꼭 빈땅 레몬에 스낵면을 먹어야 하는 숙명을 다시 한번 느끼고 발걸음을 옮겼다.

한 블록 정도 걸어갔을 때 필라테스 센터 X배너가 눈에 들어왔다.

여름 준비! 필라테스 1회 체험권 49,000원!

필라테스고 나발이고 딱 저 자리에 편의점이 있으면 좋았을 텐데. GS나 CU 본사에 전화를 걸어 여기 빈 상권 있다고 알려주고 싶은 심정이었다. 저녁도 못 먹고 경사진 언덕을 걷다 보니 이마에 땀방울이 송글송글 맺혔다. 허기짐과 탈수 현상으로 눈앞이 살짝 흐려지려고 하는데 또 필라테스 간판이 보인다. 아니 저 자리에 편의점을 열어야지 무슨 필라테스야!

두 번째로 찾아간 편의점에 다행히 빈땅이 있었다. 만약 없었다면 진짜 울었을지도 모른다. 빈땅 네 개를 소중히 안고 언덕을 다시 올라가는데 맥주 무게 때문에 어깨가 빠질 것 같았다. 오늘은 그냥 재수 없는 날이구나. 가던 길을 멈추고 벤치에 앉아 맥주 한 캔을 땄다.

땀을 흘려서 그런지 맥주가 더 시원하고 달콤했다. 달궈진 마음을 식히고 주변을 돌아보니 필라테스 간판이 또 눈에 들어온다. 이상하지만 합리적인 의문이 떠올랐다. 진짜 편의점보다 필라테스 센터가 많은 거 아냐?

휴대전화를 켜고 '청담동 필라테스'와 '청담동 편의점'을 각각 검색했다. 오 마이 갓! 진짜 편의점보다 필라테스가 더 많다(필라테스: 50개 + α / 편의점: 49개)!

혹시 몰라 성수동, 종로 등 내가 예전에 살았던 다른 동네도 검색해봤다. 필라테스 붐인지라 그곳도 필라테스 센터가 꽤 많았지만 그래도 편의점보단 많지 않았다. 사실 독립된 필라테스 센터만 따져서 저 정도였다. 피트니스 센터나 구청 체육시설 안에 있는 필라테스 센터까지 포함하면 훨씬 더 많다.

청담동 사람들을 보면 태릉선수촌 버금가는 생활 체육인들이 많이 보인다. 일상복보다 기능성 티셔츠나 레깅스 등 운동복을 입고 다니는 사람들이 많다. 어쩌다 동네에서 만나는 지인들도 대부분 운동복을 입고 있다. 운동하다 장 보러 나오고, 운동하다 커피 사러 오고, 운동하다 애 픽업하러 나오는 느낌이랄까.

왜 이렇게 필라테스 센터가 많을까 생각해봤다. 일단 첫 번째는 먹고살 만해서다. 여가 시간에 필라테스나 PT를 받는 사람들이 많은데 이건 부자들이 많다는 반증이다. 필라테스나 PT는 1:1 레슨 기준 회당 비용이 7~9만 원이다. 월 8회 기준 50만 원이 훌쩍 넘으니 일반 직장인에게 상당히 부담되는 비용이다. 고가에도 불구하고 대부분의 필라테스 센터가 망하지 않고 잘 운영되고 있다. 수요가 지속적으로 받쳐준다는 뜻이다.

두 번째는 환경적인 부분인데, 청담동은 평지와 공원이 없다. 성수동이나 분당에는 널찍한 공원이 많다. 그곳에서 산책하거나 축구를 하는 사람들을 쉽게 볼 수 있다. 하지만 청담동은 도시계획 기술이 발달하기 전 (땅을 깎아 신도시를 만드는 방식으로) 조성된 동네라 언덕 지형을 그대로 보존하고 있다. 차가 많은 가파른 언덕에서 매일 조깅하는 건 교통사고와 퇴행성 관절염을 언제든 맞이하겠다는 강한 의지로 보인다. 그래서 동네 사람들 대부분은 안전한(?) 실내 체육시설을 선호하는 듯하다.

나도 최근 필라테스 센터를 정기적으로 다녔다. 정적인 운동을 싫어하지만 필라테스를 시작한 이유는 단순했다. 주변 사람들이 다 해서다. 게다가 필라테스'권'에 살고 있다고 할만큼 필라테스가 범람하는 동네에 살고 있지 않은가. 야간 폭음으로 먹음직스러운 얼굴이 되어가고 있었기에 동네 언니들에게 물어물어 괜찮은 필라테스 센터에 10회권을 끊었다.

결과적으로, 필라테스 동작을 하다 무릎 부상을 입어 정형외과를 다니고 있다. 괜히 안 하던 짓을 하다 긁어 부스럼을 만들었다. 어설프게 청담인들 따라 하지 말고 차근차근 유산소부터 해야 할 듯하다.

◇ 굽이치는 언덕을 오르며 하는 생각

험준한 언덕을 이겨내면

청담이 내 것이 된 기분이 든다.

한 달간의 짧은 휴직을 마치고 회사로 복직했다. 회사에서 만난 사람들의 공통된 한마디는 "왜 이렇게 살이 쏙 빠졌어?"였다. 다이어트를 한 것도 아니고 스트레스를 딱히 받을 일도 없었는데 평생 동반자였던 아랫배 살이 쏙 빠진 이유는 하나다. 바로 걸어 다녔기 때문이다.

평소에 비해 많이 움직인 것도 아니었다. 그저 여느 초등학생 엄마처럼 아이를 데려다주고 데리러 가고를 반복했을 뿐이다. 자동차로 데려다주기는 거리가 애매해서 아이 손을 잡고 열심히 걸어 다녔다.

조금 길게 체류하는 영어학원에 아이를 집어넣고 학

원 건물 1층에 있는 카페에 들어가면 휴대전화에서 알림이 울린다. 오후 2시 정도 되었을 시간인데 벌써 5,000보를 걸었다는 것. 회사가 있는 대치동에서 우리 집이 있는 청담역까지 걸어와도 3,000보를 안 걷는데, 청담동 언덕을 몇 번 왔다갔다 했다고 금세 5,000보를 걷는다.

학원에서 아이를 데리고 집으로 돌아가는 길은 버스나 지하철을 타기 애매한 거리다. 아이 손에 초콜릿 하나를 쥐어주고 언덕을 올라오다 보면 푸르른 녹음이 우거진 청담공원 놀이터를 만난다. 그곳에서 뛰어노는 아이를 쫓아다니다 보면 휴대전화 알람이 또 울린다. 동그란 세 개의 링에 빨간색이 가득 채워지며 하루 운동 목표를 달성했다는 축하 메시지다. 딱히 운동할 생각도 없었고 그냥 학교 학원 스케줄대로 살았을 뿐인데 자동으로 운동을 하고 있다.

머리로는 운동을 안 하고 있다고 생각하지만 평소보다 많이 움직여서 그런지 다리가 조금 아프다. 아직 여덟 살밖에 안 된 아이도 청담동 언덕은 버거운지 잠시 쉬어가자고 한다.

청담동 성당 앞 벤치에 앉아 잠시 쉬며 지나가는 행

인들을 본다. 오후 4시. 널찍한 인도에는 인기척이 드물다. 청담역 9번 출구에서 청담 사거리까지 이어지는 길에 걷는 사람은 다섯 명도 채 되지 않는다. 아이 다리를 조물조물 주물러 주면서 문득 궁금해진다. 왜 이 거리에는 사람이 별로 없을까?

한종수 작가가 쓴 《강남의 탄생》을 보면 청담동에 왜 걷는 사람이 별로 없는지 이해가 가는 구절이 있다. 1970년대 강남권 개발이 진행되면서 지하철이 뚫리고 많은 사람들이 강남으로 유입되었는데, 청담동은 지하철이 뒤늦게 생긴 데다 산지형이라 외지인의 유입이 쉽지 않았다. 대치동이나 압구정 등 다른 강남권보다 교통이 불편하다보니 차를 이용하는 사람들이 많고, 비교적 자산 수준이 높다보니 청담동에는 고급 외제차 매장이 많다. 오죽하면 청담동에서 걸어다니는 사람은 가사도우미뿐이라는 말도 있다고 한다.

농담으로 하는 소리겠지만 왜 저런 말이 생겼는지는 알 것 같다. 산책할 겸 운동화를 질끈 묶고 나갔다가 가파른 경사를 타고 내려가다 보면 집에 다시 돌아가기 무서워진다. 버스나 지하철을 타고 싶어도 정류장과 역은 저

만치 멀리 있다. 결국 다시 왔던 길을 그대로 돌아가야 한다. 그래서 대부분의 청담동 주민들은 차를 타고 다닌다. 도보로 다니기에는 굽이치는 언덕 때문에 금세 진이 빠지고 마니까.

진을 쏙 빼놓는 청담동 언덕이지만 나는 걷는 게 좋다. 인적이 드문 도산대로를 걷다 보면 묘하게 내가 이 길의 주인이 된 것 같다. 갤러리에서 흘러나오는 피아노 소리, 메이크업 숍에서 은은하게 퍼지는 향기가 어우러져 잠시나마 이상한 나라의 앨리스가 된 것 같다.

시야가 탁 트인 청담동 웨딩 거리를 걸으며 생각했다. '나는 언제 주체적으로 살 수 있을까. 언제 내가 아닌 것들에 휩쓸리지 않고 살 수 있을까.'

그런 생각을 하다 보니 길에 혼자 서 있는 나를 발견했다. 문득 음악과 향기가 어우러져 청담동이 오롯이 내 것이 되는 기분이 들었다. 이런 기분은 이 길을 걷는 사람만 느낄 수 있다. 가파르고 험준한 언덕을 이겨내면 묘하게 이 길이 내 것이 된 듯한 상상에 빠진다. 비록 허벅지 뒤가 저리고 발바닥은 아프지만. 오늘도 내일도 나는 이 길을 만끽하고 싶다.

◌ 청담동에는 왜 독립서점이 없을까

어떤 순간에도 나를
단단하게 만드는 힘은 책이다.

출퇴근 동선에 빈 상가가 하나 있다. 병원들이 입주한 대형건물인 데다 1층 코너 자리라 금방 세입자가 들어올 줄 알았는데 반년 넘게 공실 상태다. 그곳을 지날 때마다 항상 드는 생각이 있다. 여기 독립서점이 생기면 얼마나 좋을까.

청담동이 아닌 동네에 살았을 때는 동네에 독립서점이 적어도 하나씩은 있었다. 치열한 일상을 보내고 집으로 돌아가는 길, 어스름한 골목길을 잔잔히 비추는 작은 서점에 들어가 이름 모를 작가가 쓴 문장을 보고 하루의 온도를 식히곤 했다.

삶의 무게는 여전하지만 깊이 있는 문장을 읽고 나면 이상하게 몸이 가벼워졌다. 나 대신 인생에 대해 고민해준 작가의 단어들이 내 고민에 붙어 날아가는 기분. 삶의 고뇌를 덜어준 작가에게 부채의식을 느끼며 책을 한두 권 살 때 삶의 선순환을 느꼈다. 나는 고민을 덜어서 좋고 작가는 돈을 벌어 좋을 테고.

지금 퇴근길에 들릴 수 있는 곳은 마트나 떡집 정도다. 쿠팡이츠 배달원이 활발히 들락거리는 저 떡집 옆에 서점이 하나 있다면 얼마나 좋을까.

내 경험상 서점이 가장 많은 곳은 마포구인 것 같다. 언니 집이 공덕역 부근이라 주말이나 휴일에 자주 놀러 가는데 그럴 때마다 꼭 근처 독립서점에 들리곤 한다. 여러 번 갔음에도 아직도 도장 깨기 중인 걸 보면 공덕, 망원, 합정 부근에는 수많은 서점이 있음에 틀림없다.

마포구에 서점이 많은 이유는 명확하진 않은데 건축학자 유현준 교수의 말을 빌리면 1인 가구가 많은 곳에 공간이 넓은 서점이나 카페가 많아진다고 한다. 아무래도 1인 가구의 거주지는 넓찍한 아파트 형태보다는 원룸이나 투룸 형태가 많을 테니 생활 속에서 답답함을 느끼는 사람들이 원하는 쾌적한 공간이 근처에 있어야 한다는 것이다.

그의 말도 일리가 있지만 업무상 파주에 있는 인쇄소를 많이 가 본 적 있는 내 관점에서는 합정역에서 파주 출판도시로 가는 직행버스가 많아 서점이 많아진 게 아닐까 싶다.

출판인들의 발길이 많이 닿는 합정에 자연스럽게 출판 관련 상권이 형성되고 정형화되지 않은 독특한 매력이 젊은이들을 이곳으로 끌어들이지 않았을지. 점점 상권이 커지면서 합정에서 망원까지, 망원에서 홍대까지 독립서점들이 퍼져나가 지금의 독립서점 상권이 만들어졌을 것 같다.

안타깝게도 독립서점들은 쇠락을 거듭하고 있다. 사실상 독립서점 중 5년 이상 운영하는 곳이 별로 없다. 2018년에 독립서점 창업을 준비하면서 서울 독립서점들을 리스트업을 해놓고 스터디를 한 적 있었는데, 다시 찾아보니 그 서점 중에 현재 남아 있는 서점이 10퍼센트 남짓이다.

서점을 열고 운영한다는 건 많은 투자와 용기가 필요한 일이고 실제 그 소신을 5년 이상 유지하는 건 쉽지 않다. 이유는 서점 운영만 해서는 도저히 돈을 벌 수 없기 때문이다.

이런 맥락을 고려하면 청담동에 독립서점이 생기지 않는 이유는 명확하다. 책을 팔아서는 청담동 임대료를 감당할 수가 없다. 앞에서는 책을 팔고 뒷방에서는 주식 차트를 띄워놓고 단타를 치지 않는 이상 '청담동 독립서점'은 양립할 수 없을지도 모른다.

그럼에도 청담동에 독립서점이 있긴 하다. 2020년 영동대교 밑 블록에 생긴 '소전서림'이다. 책을 좋아하는 분들이라면, 서점 투어를 다니는 분들이라면 한 번쯤 들어봤을 거다.

소전서림 입구에 들어서면 망원이나 합정에서 느낀 독립서점의 소박함은 없다. 지상 세계에서 지하 세계로 입장하는 순간, 비현실 세계로 들어온 듯한 몽환적인 느낌이 든다. 여기가 서점인지 미술관인지 헷갈리는 내부 디자인과 진열된 서적들을 보면 개인보다는 기업이 만들었다는 느낌이 강하게 든다.

놀랍게도 이 공간을 만든 사람은 오롯이 개인이다. 소전서림의 실제 주인은 바로 골프존 창업자 김원일 대표다. 골프 좀 치는 사람들은 골프존의 위엄을 알 거다. 라운딩을 나가기 전 대부분 사람들이 스크린으로 골프 연습을 하는데, 대부분 골프존의 시스템과 장소를 활용한다.

현재 시가총액이 5,792억 원 규모인 골프존의 경영자였던 김원일 대표는 36세 나이에 2,600억의 주식 부자가 됐다. 부자가 되면 번 돈 펑펑 쓰며 살 것 같지만 번아웃이 왔다고 한다. 삶의 의미를 찾고 싶었던 그는 골프존 운영에서 손을 떼고 7년 동안 칩거하며 책만 읽었다고 한다. 그가 주로 읽은 책은 문학작품이었고, 특히 버트런드 러셀과 도스토예프스키, 위스망스를 읽으며 마음을 다시 잡았다. 그는 책이 인생에 준 긍정적인 변화를 믿고 이를 타인에게도 알리기 위해 큰돈을 들여 청담동에 서점을 지었다.

이 동네에 좋은 서점을 열어준 김원일 대표에게 고마운 마음이지만 한편으로 저 정도 자산가가 아니면 서점을 내기 어려운 청담동 환경에 씁쓸한 마음이 들기도 한다.

어디 말하기 부끄럽지만 내 꿈은 독립서점 대표가 되는 것이다. 나 또한 김원일 대표처럼 책을 읽고 인생이 바뀌었다. 어떤 일로 한동안 몹시 힘들었는데 출근하기가 너무 싫어 자전거에 살짝 치여 일주일이라도 입원하고 싶은, 그런 미친 생각을 할 정도였다. 그때 위화의 《인생》과 가네시로 가즈키의 《Go》, 버트런드 러셀의 《게으름에 대한 찬양》을 읽으며 버텼다. 그 시기에 이 책들을 읽지 못했다면 내 인생의 많은 부분은 포기와 좌절로 점철되어 있을 거다.

포기하는 순간에도 나를 단단하게 만든 힘은 책이다. 아무리 청담동이 부자 동네고 세무서, 사진관, 웨딩숍 등 기능적 업종이 많다고 해도 과연 서점이 적은 곳의 사람들이 단단한 삶을 살 수 있는지는 잘 모르겠다. 이런 생각을 해본 적도 있다. 연관성은 없지만 연예인들이 생을 마감하는 비율도 청담동이 가장 높다. 아마도 그들이 이곳에 거주하기 때문이겠지만 길거리를 오가다가 불이 켜진 작은 서점을 발견했다면, 어떤 계기로 인생의 문장을 만났더라면 생을 유지하는 선택을 하지 않았을까.

　아무튼 언젠가 제가 개업하게 되면 꼭 놀러오세요. 뉴욕의 맥널리잭슨(Mcnally Jackson) 같은 멋진 브랜드를 만들어보고 싶습니다.

청담동에서 기절하면
언제쯤 발견될까

뭐 하나 발견하기 어려운

이곳.

청담동 한 카페에 앉아 이 부근에서 발생한 교통사고 영상을 보고 있다. 한 운전자가 사고를 내고 구호조치를 제대로 하지 않아 피해자가 뇌사 상태에 빠진 사건인데, 많은 사람들의 공분을 샀다. 사고 뉴스를 보며 내 시선에 들어온 건 구급차에 대한 내용이었다. 그날 구급차는 사고 후 늦게 도착했다.

예전에 구급차를 불러본 경험이 있다. 집에서 한 번, 회사에서 한 번 있었는데 집에서 불렀을 때는 3~4분만에 구급차가 도착했고(집은 청담역 부근), 회사에서 불렀을 때도 10분까지 걸리지 않았던 것 같다(근처에 강남경찰서, 소방

서가 있는 것과 관련이 있을지도 모르겠다).

구급차를 집에서, 회사에서 불렀을 때 굉장히 놀랐고 당혹스러웠지만 객관적으로 봤을 때 위에서 언급한 교통사고보다는 훨씬 강도가 덜한 응급상황이었다.

굉장히 위중한 상황임에도 구급차가 빨리 출동하지 못한 이유는 뭘까. 확신할 순 없지만 청담동 지형과 연결되어 있을 것으로 추정된다.

청담동에는 여러 구획이 있지만 내가 주로 다니는 SSG건물 뒤쪽은 인적이 드물다. 가끔 청담사거리 부근에서 외식을 하고 집으로 걸어오는데 어스름한 저녁 시간에는 스산한 기분마저 든다. 그나마 영동고등학교 옆길이 평탄하고 가로등도 밝아서 오가는 사람들이 있지만 조금만 아래 언덕으로 내려오면 어둑하고 조용한 골목길이 미로처럼 펼쳐진다. 그러다 문득 엉뚱한 상상이 든다. 만약 여기서 기절한다면 나는 언제 발견될까. 재수 좋으면 5분, 재수 나쁘면 1~2시간 후가 될 수도 있겠다.

영동고 옆 청담동은 빌라와 스튜디오, 메이크업숍, 아파트가 섞여 있다. 주거 형태는 아파트보다는 빌라가 절대 다수지만 죽은 듯이 조용하다.

대학교 때 빌라가 많은 동네에서 자취를 했는데 밤낮을 불문하고 정말 시끄러웠다. 낮에는 아이들의 웃음소리와 우는 소리, 저녁에는 부부싸움을 하는 소리와 TV 소리가 공기처럼 떠다녔다. 그런데 청담동은 주거 형태는 비슷한데도 개미 발자국 소리 하나 나지 않는다. 물론 고급빌라도 섞여 있지만 대부분은 다세대 주택이다. 여름에서 가을이 넘어가는 무렵 베란다 창문을 열어놓고 가을야구를 시청하는 사람이 한두 명이라도 보여야 하는데 다들 방문을 꼭꼭 걸어 잠그고 조용한 일상을 보낸다.

청담동이 왁자지껄하지 않아 좋아하는 사람들도 많겠지만 한편으로 타인의 도움을 받아야 하는 사정이 생겼을 때는 장점이 단점이 될 수도 있을 것 같다. '타인은 지옥이다'라는 사르트르의 말처럼 타인과 어우러져 사는 것은 피곤하고 위협적인 일이기도 하지만 어떤 상황에서는 타인이 위기를 극복하게 해주기도 하니까.

얼마 전 청담역 부근을 벗어나 사람들이 좀 더 복작거리는 강남구청 쪽으로 이사했다(과거 집과 현재 집 거리는 300미터 정도). 새로 이사 가는 집을 고르는 기준 중 하나는 구급차 진입로가 확보되어 있는지 여부였다. 무언가를 결정할 때 최선부터 최악의 상황을 모두 고려하는 피곤한 타입인 나에게 중요한 건 집 안 또는 집 밖에서 발생할 위급상황 대비였다. 이사를 온 아파트는 소방차나 구급차가 들어올 수 있는 길이 잘 확보되어 있다. 게다가 인구밀도가 아주 높지도 낮지도 않고 경비원 분들이 상시 순찰을 다니고 계셔서 돌발상황이 발생했을 때 사람들의 도움을 받을 수 있을 것 같았다.

청담이 더 '있어 보이는'데 왜 삼성동으로 갔느냐고 이유를 묻는 이들이 있었다. 사실 별 이유는 없다. 청담동에 살든 삼성동에 살든 어디 살아도 상관없다. 청담동이 부자 동네라는 인식이 있긴 하지만 도로 하나 차이인 청담과 삼성은 모든 면에서 차이가 없다. 다만 삼성동으로 온 이유는 아이가 점점 커가면서 친구 사귀기 좋은 환경을 제공해주고 싶었기 때문이다. 삼성동은 조금만 걸어 나가도 사람들이 북적인다. 역과 역 사이가 멀었던 청담동과 달리 지금 살고 있는 삼성동은 역 네 개를 사이에 둔 블록이라 인구밀도는 청담동에 비해 높은 편이다.

물론 사람들이 많아서 생기는 단점도 있다. 우리 집

형편에 대해 속속들이 아는 사람들이 나타나고 혼자 있고 싶은데도 타인과 대화를 나눠야 한다. 그럼에도 불구하고 아이에게 사람들과 어울리는 법을 가르치기 위해 한적한 청담에서 벗어나 복작이는 아파트 단지로 이사 왔다.

아무리 유능한 사람이라도 혼자 모든 걸 해결할 수 없다. 혼자 하면 오래 걸리는 일도 친구를 통해 금방 해결하기도 하고, 주변에 사람이 있기 때문에 발견되고 인지되는 일도 많다.

누군가를 알아가는 게 피로하더라도 그 피로를 감수하면 나의 실마리들이 여기저기 엉겨 붙어 타인의 삶과 연결되고 덩어리가 된다. 덩어리는 어떤 강한 실보다 힘이 있다. 아이가 커가면서 그 힘을 조금만, 가져보기로 결정했다.

◦ 이 동네에 회사원이 살기 힘든 이유

마트도 없고 학원도 없고

식당도 없고 다 없다.

프롤로그에서 밝혔듯이 청담동에서 산다고 하면 다들 놀라는 눈치다. 일반적인 회사원 중 청담동에 거주하는 사람은 아무래도 많지 않으니까. 한 회사를 10년 넘게 다녔지만 우리 집 근처에 사는 사람은 보지 못했다. 회사 동료 대다수는 대단지가 모여 있는 잠실, 위례, 미사 쪽에 산다. 그럼 청담동에 연고 하나 없는 나는 어쩌다 이 동네에 들어오게 되었을까.

전적으로 남편의 영향이다. 남편은 서울의 다른 지역 출신인데 강남 쪽에 있는 회사로 출퇴근하면서 굳게 다짐한 게 있다고 했다.

'결혼하면 꼭 회사 근처에 살아야지.'

그의 다짐이 현실화되고 내가 그의 인생 안에 들어가면서 자연스럽게 우리 부부는 청담으로 들어오게 됐다. 이 동네가 어떤 동네인지 정확하게 인지하지 못한 채 전세 가격이 예산에 부합한 아파트 중에 가장 회사에서 가까운 집을 골랐을 뿐이다.

결혼 후 한동안 청담동 생활권에 머물면서 알게 됐다. 왜 청담동은 연예인이나 사업하는 분들이 많고 회사원들이 적은지. 사실 이 동네는 회사원들이 살기 적절하지 않다. 특히 아이를 키우는 맞벌이 부부라면 더욱 단점이 많이 보인다.

우선 편의시설이 너무 부족하다. 지금은 마켓컬리나 쿠팡이 발달해서 큰 문제는 없지만 예전에 퇴근하고 장을 간단히 보고 싶으면 성수동 이마트를 가거나 청담동 SSG로 가야 했다. 성수동 이마트는 저렴한 가격에 장을 볼 수 있는 장점이 있었지만 퇴근길 영동대로 위 차량들은 숨을 조여오는 테트리스 조각처럼 답답하게 기어간다.

꽉 막힌 영동대로 진입로가 보이면 핸들을 돌려 SSG

로 향하는데 가면서부터 머릿속이 복잡해진다. 수박 한 통에 3만 원, 바나나 한 손에 1만 원씩 하는 SSG 물가를 생각하면 예산 안에 살 수 있는 품목이 현저히 줄어든다. 시간을 버리거나 돈을 버리거나, 둘 중 하나를 버려야 했다.

또 학원은 왜 이렇게 적은지. 아이가 학령기에 접어들면서 방과 후 갈 수 있는 학원들을 물색해야 했는데 도보나 집 근처에서 이용할 수 있는 학원들이 너무 적었다. 물론 학원을 덜 보내고 돌봄교실에만 둘 수도 있지만 맞벌이해서 번 돈을 죽을 때 가져갈 것도 아니고 경쟁사회에서 어느 정도 경쟁력은 갖춘 아이로 키우고 싶어서 고민을 많이 했다.

가장 결정적인 건 우리 형편과 비슷한 가족들이 너무 적었다. 다양한 환경과 형편을 가진 사람들을 만나는 건 축복이었지만 아이에게 과연 적절한 자극을 줄지 아니면 괜한 열등감과 좌절감을 안겨줄지 알 수가 없었다. 몇 번 동네 분이 초대하는 행사에 참석했는데 넘을 수 없는 벽을 느꼈다. 나만 사는 거라면 백 번이고 참을 수 있고 나의 자존감으로 해결할 수 있지만 아이는 조금 다를 거라고 느꼈다. 그래서 집단의 균일성을 찾아 비슷한 사람들이 모여 있는 대단지로 이사했다.

　이사를 온 후 창문을 확 열었다. 아파트 밑 공원 쪽에서 강아지 목줄을 들고 있는 사람들이 담소를 나누는 소리가 들렸다. 소리가 조금 커서 창문을 바로 닫긴 했지만 대단지로 이사 온 게 확실히 실감 났다. 조용하다 못해 고요해서 조금 무섭기도 했던 청담의 밤과는 조금 다른 느낌이었다. 겨우 학동로 하나를 넘었을 뿐인데, 사람의 향기가 확 느껴졌다.

　내가 자란 동네는 골목이 많은 주택가였다. 에어컨 하나 멀쩡하게 돌아가지 않는 집이라 여름에는 온 창문을 열고 살았는데, 저녁 시간만 되면 슈퍼 앞 평상에서 소란스러운 아버지들의 목소리가 들렸다. 하루 종일 시달렸던 회사 이야기, 보증 잘못 서서 사기 당한 이야기, 와이프한테 월급을 속였다가 걸린 이야기 등 슬픔과 해학이 담긴 이야기들이었다. 당시 초등학교 저학년이던 나는 낯선 세상 이야기들을 남몰래 들으며 나중에 글로 써야겠다고 생각했다.

자그마한 일기장에 연필로 사각사각 글씨를 쓰고 있으면 갑자기 한 아버지가 고래고래 소리를 질렀다. 아버지들끼리 싸움이 난 거다. 세상에서 제일 재밌는 싸움 구경을 하려고 대문을 열고 나가면 이미 아버지들은 사라지고 그들의 흔적을 치우는 슈퍼 아주머니만 있었다. 문을 열고 나가면 어디든 사람 투성이었다.

그런 환경에서 자라다가 아무 소리도 안 나는 청담동에 왔을 때 안정감이 들었다기보다는 귀가 먹어버린 느낌이 들었다. 조용해서 좋긴 한데 뭔가 불안한 기분이라고 할까. 청담동에서 나고 자랐다면 익숙했을지도 모르지만 저자거리처럼 시끌시끌한 곳에서 온 나에게는 조금 어색했다. 신기한 건 그런 어색함을 느끼는 사람들이 나뿐이 아니라는 거였다.

아이를 데리고 동네 산책을 하다가 아이와 같은 반인 성찬이와 성찬이 엄마를 만났다. 청담동 안쪽에 살고 있는 성찬이네가 이곳까지 걸어 나왔길래 영문을 물었다.

"저희 지난주에 여기로 이사왔어요."

잠시 대화를 나눈 바로는 곧 중학교를 가는 성찬이 형 때문에 이사를 왔다고 한다. 청담중보다는 언주중이 학습 분위기가 좋다는 이유였다. 게다가 성찬이의 학교 친구들이 삼성동에 살고 있어서 친구들과 더 섞이게 해주고 싶은 마음도 있다고 했다. 여러모로 이사 온 이유가 나랑 비슷한 것 같아서 동질감을 느꼈다. 놀이터에서 한참 놀다가 헤어지기 싫어하는 아이들에게 주말 키즈카페에 가기로 약속을 하고 겨우 헤어졌다.

  아이 손을 잡고 집으로 돌아가는데 마음이 확 편안해지는 느낌이 들었다. 내게 익숙한 건 이런 삶이었다. 길을 가다 우연히 만난 친구와 놀이터에서 놀 수 있는 그런 삶. 내 아이에게도 이걸 주고 싶었다. 뭐든 착착착 계획대로 돌아가는 삶도 안정적이지만 삶은 때때로 만나는 우연에서 생각지 못한 기쁨을 안겨준다. 그런 기쁨을 내 아이도 만끽하길 바라며 이사 온 동네의 소란함을 반갑게 맞이하는 중이다.

인천상륙작전 버금가는 20대 도겸의 청담동 안착기를 소개한다.
실제 인터뷰를 바탕으로 재구성했다.

    강서구에서 나고 자란 도겸이 처음 강남에 온 건 재수할 때였
다. 보통의 재수생들은 수능 실패로 잔뜩 주눅이 들어 있지만 도겸
은 아니었다. 강서구 명문 고등학교에서 공부로 이름을 날렸고 원
하는 대학교에도 붙었다. 하지만 더 경쟁력 있는 학과로 진학하기
위해 재수를 선택했다. 1년 정도 늦는 건 인생 전체를 봤을 때 아무
것도 아니었다.

    도겸은 무시험으로 강남대성학원 Top반에 배치받았다. 수능
성적표만 있으면 배치고사 없이 들어가는, 재수생 그룹 중 가장 높
은 등급이었다.

    강남 학생들이 많이 모이는 학원이지만 딱히 자신보다 특별해
보이거나 눈에 띄는 사람은 없었다. 강남도 뭐 별거 없군, 이란 생각
에 책으로 눈을 돌리는데 갑자기 옆자리에 인기척이 느껴졌다. 더
벅머리에 뿔테 안경을 쓴 진호였다.

가방을 풀고 자리를 정돈하던 진호는 도겸을 보자마자 집이 어디냐고 물었다. 도겸은 강서구에서 왔다고 했다. 그 말을 들은 진호는 "강서?"라고 되묻더니 갑자기 자신의 아버지가 판사라는 이야기를 했다. 아버지가 교대역 근처 법원에 근무하고 계셔서 점심은 거기 구내식당에서 먹으면 된다고 TMI를 늘어놓는 진호를 보며 도겸은 가정교육이 잘못된 사람이라고 생각했다. 처음 본 사람에게 부모님 직업부터 다짜고짜 묻는 건 무지와 무례로 점철된 행동이니까.

"너네 아버지는 뭐 하셔?"

도겸은 이 질문이, 아니 이 질문에 대한 자신의 답이 인생을 송두리째 바꿔놓으리라 상상하지 못했다.

"비슷한 일 하셔."
"그래? 뭔데, 변호사?"
"응. 뭐 그런 거."

도겸은 태어나서 처음으로 수오지심의 감정을 느꼈다. 아버지의 직업을 당당하게 말하지 못하는 부끄러움과 남의 부모 직업을 무례하게 물어대는 진호에 대한 미움을 한 번에 느꼈다. 사실 도겸이 거짓말을 한 건 아니었다. 그의 아버지는 당시 출환사를 운영하였으니까. 출'환사'.

사실대로 말하지 못한 도겸은 진호를 볼 때마다 마음이 짓눌린 느낌이 들었다. 스무 살 평생 부모님의 사랑을 받으며 자존감 높은 가진 아이로 자랐는데, 콘크리트 같은 마음에 폭탄을 던지는 사람이 나타난 거다.

싫은 티도 내지 못하고 진호와 짝꿍 생활을 이어가던 어느 날, 진호가 손가락을 접으며 뭔가를 세는 게 보였다. 하나, 둘, 셋.

"뭐 하는 거야?"
"우리 반에 강남에 사는 사람이 몇 명인지 세고 있어"

교실에 앉아 있는 아이들의 뒤통수를 보며 손가락을 접던 진호는 도겸 앞에서 손가락을 멈췄다. 그리고 다시 다른 사람들을 보며 손가락을 접어갔다. 분주한 진호의 손가락을 보며 도겸은 강남에 대한 궁금증이 일었다.

'강남에 산다는 건 대체 어떤 걸까?'
평생 품어보지 못했던 질문들이 머릿속을 가득 채웠다. 강남,

강남, 강남.

　　강남에 대한 궁금증은 대학에 입학해서도 이어졌다. 도겸이

들어간 대학교에서는 1학년 기초교양 수업으로 영어 수업을 들어

야 했다. 영어 보습학원도 겨우 나온 도겸 앞에 해외에서 살다 온 학

생들의 버터발음이 들렸다. 그 학생들 역시 본인들의 집 주소(강남)

와 부모님 직업을 오픈하는 데 거리낌 없었다. 강남 출신 중에 잠시

친해진 사람도 있었지만 강남 출신들은 자기들끼리 몰려다녔다.

　　경영학과를 우수한 성적으로 졸업한 도겸은 바로 대기업 재무

팀에 들어갔다. 재무팀에서 근무하니 회계법인 사람들과 일할 기회

가 많았다. 야근을 마치고 회포를 풀러 강남역에 갔을 때 재수 시절

에 만났던 진호가 떠오르기도 했다. 가끔 인스타그램을 타고 들어

가서 그의 계정을 훔쳐보기도 했다. 진호는 여전했다. 로스쿨을 졸

업하고 중견 로펌의 변호사가 되어 있었다. 태그에는 항상 '#강남'

이 있었다. 변호사를 하면서도 만나는 고객마다 아빠 직업을 오픈

할 듯했다.

　　정신없는 회계감사 시즌을 마치고 도겸은 평소 친하게 지내는

회계사와 술을 한잔했다. 이번 감사가 힘들어서 그런지 술을 잘 못

먹는데도 소주가 달게 느껴졌다. 남자 둘이 소주 다섯 병을 연달아

마시니 밤 12시였다. 막차가 끊기기 전에 얼른 일어나야 했다.

역삼역으로 걸어가는데 회계사가 손을 흔들었다.

"지하철 타고 가시죠? 저는 걸어갈게요."

도겸은 생각했다. 회계사도 강남에 사는구나. 진호든 회계사든 누구든 왜 다들 강남에 모여 살까. 역삼역을 등지고 비틀비틀 걸어가는 회계사의 뒷모습을 보며 도겸은 강남에 입성해야겠다고 다짐했다. 강남도 꽤 넓은데 이왕이면 어디로 가야 할까. 어디가 진짜 강남일까. 대치동? 역삼동? 삼성동? 논현동?

도겸은 부동산 공부를 시작했다. 퇴근하고 시간이 날 때마다 강남구 부동산을 돌아다니며 1인 가구가 살만한 집을 보러 다녔다. 몇 개월여 공부 끝에 도겸이 내린 결론은, '진짜 강남은 청담동이다' 였다.

청담동에 이사한 날, 침대에 누웠을 때 도겸은 인생에서 가장 큰 목표를 달성했다는 생각이 들었다. 드디어 강남에 사는구나. 나도 '그들의' 영역 안에 들어왔다는 생각에 가슴이 설렜다.

하지만 그 설렘은 그리 오래가지 못했다.

청담역 근처에서 친구들과 치맥을 하던 도겸은 이상한 장면을 목격했다. 고작 저녁 8시밖에 안 되었는데 젊고 예쁜 여자들이 여기 저기 차를 부른다. 저 여자들은 저렇게 화려하게 입고 어딜 가는 걸까. 오랜만에 만난 도겸와 친구들은 새벽이 될 때까지 리베라호텔 근처에서 술을 마셨다.

다음 날 새벽까지 술을 마시고 친구들과 해장을 하러 갔다. 자주 보는 사장님에게 인사를 하면서 앉을 자리를 찾는데 식당 한가운데 잔뜩 힘을 주고 온 듯한 남성이 육회비빔밥을 먹고 있었다. 눈이라도 잘못 마주치면 시비를 걸 것 같아 최대한 구석으로 가서 친구들과 해장국을 먹었다.

오랜만에 만난 친구들에게 청담동 구경을 제대로 시켜주겠다는 생각에 유명 상가 지하에 있는 사우나로 데려갔다. 옷을 벗고 노천탕에 들어갔는데 뭔가 이상한 느낌이 들었다. 도겸과 친구들을 둘러싼 모든 사람들의 몸에 문신이 잔뜩 새겨져 있었다. 불안한 기운을 느낀 친구들은 빨리 자리를 뜨자고 했다. 도겸도 자신이 보여주려던 청담동과 이질감이 들어 재빨리 사우나에서 나왔다.

잠시 친구들에게 낯 뜨겁긴 했지만 청담동에서의 삶은 상상

이상으로 윤택했다. 일단 회사가 가까웠고 회식하고 나서 집에 오기가 너무 편했다. 다만 보통 회식을 하는 삼성역과 집이 너무 가까워서 12시쯤 회식을 마치면 택시가 잘 잡히지 않았다. 도겸은 운동이나 하자는 생각에 집까지 걸었다. 새벽의 청담동은 고요했다. 항상 왁자지껄 복작거리는 본가와 많이 달랐다. 경기고 언덕길을 지나 '청담역'이라는 글자가 보이면 도겸은 가슴이 뛰었다.

청담동에는 다양한 삶이 있었다. 특히 도겸이 사는 청담동은 1인 가구가 많은 지역이었다. 그곳은 에르노 청담이나 PH129 같은 부촌과는 거리가 멀었다. 좁은 빌라촌에 주로 유통업이나 주류업에 종사하는 분들이 많았다. 조용한 편이었지만 인프라도 전혀 없었다. 주말 점심시간에 가볍게 한 끼를 먹으려고 해도 선택지가 너무 적었다.

결국 결혼을 앞둔 도겸은 청담동 상륙을 포기했다. 강남을 선망하고 가장 강남다운 청담동에 입성했지만 청담동에 안착할 수 없었다. 청담동이 가진 이미지는 강변을 끼고 있는 일부 빌라의 이야기일 뿐이며 현실은 이상과 다르다는 걸 깨달았다.

재수할 때 만났던 판사 아들 진호처럼 학벌 좋고 잘사는 사람들과 네트워킹하려면 청담동이 아닌 다른 곳으로 가야 했다.

청담동은 직업이든 자산이든 스펙트럼이 너무 넓다. 삶의 밑

바닥과 최상단이 공존하는 곳, 그곳이 청담이었다. 강남에 산다고 안심하기에는 청담동은 매우 부적절한 곳이었다는 걸 도겸은 깨달았다.

청담동은 파리와 비슷하다고 한다. 파리에 가면 최상위층도 있지만 도처에 거지와 부랑자가 있다. 물론 저소득층의 절대 수준이 파리보다 높지만 그래도 청담동은 파리와 가장 비슷했다. 관광하기 위해 잠시 방문했을 때 가장 빛나는 모습을 보여주는 곳이 청담동이고 오래 머물렀을 때는 명(明)보다는 암(暗)이 더 많은 곳이다.

도겸은 대치동 쪽에 신혼집을 차렸다. 그는 청담동을 떠날 날만 고대하고 있다.

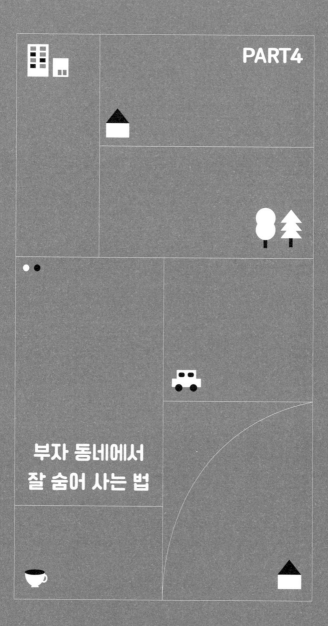

PART4

부자 동네에서
잘 숨어 사는 법

청담동은 미안하다

청담동의 고요함은

높은 자존감에서 나온다.

해외 영업 N년 차 직장인으로써 코로나 전까지 출장이 잦았다. 적으면 한 달에 한 번, 많으면 일주일에 한 번씩 출장을 가곤 했다. 고단한 일정을 마치고 한국에 들어왔을 때 '아, 드디어 한국에 왔구나' 하고 느끼는 순간이 있다. 내 어깨에 사정없이 격렬한 환영 인사를 날려주는 사람들. 회전근 파열이 의심되는 통증에 어깨를 붙잡고 뒤를 돌아보면 이미 환영인파는 귀신처럼 사라지고 없다. 이럴 때 '오, 그리운 나의 고향에 드디어 왔군' 하는 안도감이 들곤 했다.

처음 이런 상황과 마주쳤을 땐 기분이 상하기도 하

고 나라 수준이 이것밖에 안 되나 하는 생각에 좌절하기도 했다. 유럽 8개국을 담당했을 때도 일본, 중국, 동남아 어디를 가도 행인과 부딪쳤을 때 사과하지 않는 나라는 없었다. 그런데 그냥 이해하기로 했다. 왜냐면 다들 그러니까. 그래, 사람이 바쁘다 보면 좀 부딪칠 수도 있지. 바쁜 현대사회에서 어깨 좀 부딪쳤다고 잠시 멈춰 사과의 말을 건네는 건 관용과 효율을 중시하는 한국문화에 적합하지 않는 행동양식인가보다 하고 살아왔다.

그런데 청담동에 살면서 충격적인 경험을 했다. 이곳으로 이사를 오고 처음 마트에 간 날이었을까. 장바구니를 들고 마트 이곳저곳을 돌고 있는데 내 또래로 보이는 어떤 여성분과 살짝 부딪쳤다. 충돌이 있었던 것도 아니고 살짝 스친 거니 한국문화를 존중하는 마음으로 그냥 지나가려 하는데, 여성분이 내 장바구니를 와락 잡았다. 뭐지, 화내려는 건가? 전투태세를 갖춰 날카로운 눈초리로 쳐다보니 그녀는 눈썹을 팔(八) 자로 만들며 이렇게 말했다.

"죄송합니다. 괜찮으세요?"

솔직히 당황했다. 그렇게 세게 부딪친 것도 아니고 가던 방향이 달라 살짝 스친 정도였다. 그럼에도 그분은 연신 죄송하다고 했다. 나도 곧장 "아, 괜찮습니다"라고 하니 그분은 내 장바구니를 놓고 떠났다. 생각해보니 서로 부딪친 건데 그분은 사과를 하고 나는 사과를 받아주는 게 되어버렸다. 기분이 이상했다. 아니 신선했다. 이렇게 남과 부딪친 다음에 서로 사과 인사를 나눈 게 거의 처음인 기분이었다.

그 후 청담에서는 길을 걸어갈 때나 마트에 갈 때나 누군가와 부딪치면 상대방은 늘 사과를 했다. 이곳에서 한두 블록만 넘어가면 직장생활을 하는 테헤란로인데 그곳에서는 부딪쳐도 딱히 사과하는 사람이 없다. 청담동도 한국 사람들이 모여 사는 곳인데 왜 다들 사과를 잘할까?

일단 외국 생활을 한 사람들이 많은 것 같다. 동네 사람들과 대화해보면 해외에서 생활하다 온 분들이 꽤 많다. 국가 중에서는 미국이나 일본에서 생활한 분들 비중이 높아 보인다. 미국은 사람 많고 복잡한 건 한국과 비슷하지만 'oops, sorry'가 꽤 일상적이다. 일본, 특히 도쿄 사람들은 일단 남과 부딪치지 않는다. 자신의 발걸음 속도와 궤적을 계산해서 정확히 타인을 피해간다. 서구권에서 생활하다 온 사람들이 많아서 그런지 약간 외국인(?) 같은 반응이 종종 보인다.

두 번째, 자존감이 높다. 꼭 청담동 사람들이 아니더라도 주변에 사과를 잘하는 사람들을 보면 자존감이 높다. 이런 사람들은 스스로 자신을 긍정적으로 평가하기 때문에 타인에게 사과를 한다고 해서 자신의 가치가 떨어지지 않다고 믿는다. 반대로 자존심이 쎈 사람들은 타인과 경쟁 속에서 자기 가치를 확인하기 때문에 사과를 잘 하지 않는다. 길가다 부딪친 사람에게 사과를 했을 때 자신이 '낮아지는' 기분이 든다면 자존심이 세고 자존감이 낮은 사람일지도 모른다.

마지막으로, 청담동 사람들은 기본적으로 사람들과 사회적 거리를 유지하고 산다. 길을 걸을 때도 마트에 가서도 밀착해서 사람들과 붙지 않는다. 일정 거리를 유지하고 그 영역 안에 들어왔을 때 재빨리 사과하거나 불편한 상황이 생기지 않도록 배려한다. 일정 거리를 두고 사는 걸 미덕으로 여기는 느낌이다. 초면에 만났을 때도 구구절절 호구조사도 하지 않는다. 상대방에 대해 천천히 알아가고 직접적인 질문을 하길 조심스러워 한다. 어떤 면에서는 겉마음 속마음 다른 일본 사람 같기도 하다. 조금만 스쳐도 스미마센, 스미마센.

가끔 친구나 가족들이 집에 놀러 오면 청담동의 밤에 놀라곤 한다. 화려하고 복작거릴 것 같은 청담동이지만 그건 한강변 일부 지역일 뿐. 조금만 안쪽으로 들어오면 귀뚜라미 울음소리가 제일 크게 들리는 고요한 동네다. 나는 청담동의 고요함이 바로 '미안함'에서 나온다고 생각한다. 상대방이 빠르게 사과하면 빠른 용서는 그림자처럼 따라 올 수밖에. 고요하고 차분한 청수골의 밤은 이웃에게 미안하다 말할 수 있는 태도에서 오는 게 아닐까.

∴ 차이 나는 인생

이 글은 중국인 관광객에게 세 번이나 새치기를 당한 후 분노 상태에서 쓴 글이다.

　처음 지하철역에서 새치기를 당했을 때는 개인의 문제라고 생각했다. 저 사람이 좀 개념이 없군. 해외까지 나와서 새치기라니. 뭐 어딜 가나 저런 사람은 있으니까 하고 넘어갔다. 그러고 나서 얼마 안 돼 버스터미널에서 줄을 서고 있는데 두 번째 새치기를 당했다. 나이가 지긋한 아주머니와 아저씨였는데 간판을 잘못 본 것 같기도 해서 그냥 두었다.

　문제는 세 번째 새치기였다. 호텔에서 체크인을 하

려고 기다리는데 내 또래 정도 되는 여성이 나를 가로질러 체크인 카운터로 향했다. 영어로 "Hey, I came first!"라고 말했지만 살짝 보는 둥 마는 둥 하더니 호텔리어에게 여권을 내밀었다. 하루 동안 세 번이나 중국 관광객에게 새치기를 당하니 더 이상 개인의 문제가 아니었다. 해외 이곳저곳을 다녀본 편이지만 중국 관광객을 본 적은 많지 않았다. 희한하게도 이번 여행지인 후쿠오카에서는 중국 관광객이 유난히 많았다.

중국 관광객들이 많은 장소를 가면 꼭 불쾌한 경험을 하게 된다. 중국 사람들은 왜 질서를 안 지킬까. 혹시 중국에서는 공공장소에서 줄을 서면 공안이 쫓아와서 매질을 하거나 몇백만 원의 벌금이 적힌 고지서가 날아오는 게 아닐까 싶다. 그게 아니면 줄을 서는 순간 우리 가족 포함 삼족이 멸을 당하는 공포의 연좌제가 기다리는 걸까. 그게 아니고서야 모든 중국 사람들이 이렇게 줄을 안 설 수는 없다.

체크인을 대기하면서 중국에서 오래 공부한 친구 지영에게 연락을 했다. 후쿠오카에 여행왔는데 중국 사람들에게 새치기를 여러 번 당해 열이 받는다는 이야기를 쏟아냈다. 중국에서 유학만 했을 뿐 유전자는 100퍼센트 한국인인 친구에게 괜한 화풀이를 한 것 같아 미안해지려고 하는데, 친구는 공자님처럼 편안하고 단호한 말투로 네 글자를 내 눈앞에 새겨줬다. 각.자.도.생.

각자도생? 중국 산둥성에서 태어나 평생 제자들에게 자기 수양과 도덕을 가르친 공자님이 들으면 기절할 만한 단어다. 태생적으로 갖고 태어난 선(善)을 유지하기 위해 부단히 노력하고 상호존중하라는 유명한 조상님의 가르침은 잊은 채 혼자 잘 살려면 타인은 철저히 무시해도 된다는 각자도생 정신이라니. 아무리 현대화 속도가 빠르고 과거보단 미래를 본다는 중국이지만 최소한의 온고지신은 필요하지 않은가 싶었다.

각자도생의 맥락을 전혀 이해하지 못하는 나에게 지영은 차분하게 설명을 이어갔다. 중국 근현대사를 보면 사회가 혼란했다. 신해혁명부터 대약진운동으로 인한 대기근, 공산당의 문화대혁명 등을 거치면서 중국 사회는 매우 어지러웠다. 체제는 계속 전복되고 무고한 시민들이 희생되면서 중국인의 유전자는 '일단 알아서 살아남는 쪽'으로 발달했다. 불안정한 상태에서는 대의명분이

나 의로움에 집착하다가 죽음을 맞이할 수도 있으니 작은 예절보다는 일단 생존에 초점을 맞추는 수밖에 없다는 거다.

친구의 설명을 듣고 나니 중국 관광객들의 행동이 어느 정도 이해가 되었다. 친구의 장문 카톡을 읽으면서 반복되는 시스템 붕괴로 불안정한 삶을 살아온 중국인들에게 약간 측은함을 느끼기도 했다. 나 외에는 어떤 것도 나를 책임져주지 않는다는 생각에 사로잡히면 타인을 배려하기보다는 '일단 나부터'라는 개인주의적 생각에 지배당할 수도 있을 거라는 이해심(?)도 조금 샘솟았다. 그러다 다시 호시탐탐 나를 앞질러 가려는 중국 관광객을 보면서 정신이 확 들었다.

중국이든 한국이든 일본이든 아프리카든 국가가 혼란하지 않았던 나라가 있겠는가. 우리나라도 일제강점기, 한국전쟁을 거치면서 불안정한 근현대사를 보냈다. 일본도 에도시대부터 지방-영주 간 전쟁이 지속됐고 미국에게 핵폭탄까지 맞은 나라다. 조상들이 혼란스런 과거를 보냈다고 해서 자손들이 무질서하게 살고 있지 않다. 그냥 무질서하게 새치기를 한 건데 그들의 역사적 배경까지 떠올리며 이해해주는 것도 과하다. 새치기는 그냥 잘못된 거다. 나라를 떠나 글로벌로 나왔다면 글로벌 스탠다드에 맞춰야 하는데, '대인은 작은 예절에 연연하지 않는다'는 오만한 자세를 유지하는 건 해외여행을 할 자격이 없는 것과 같다. 하지만 이렇게 열을 내서 무엇하겠는가. 중국 관광객들은 별로 바뀔 생각이 없어 보였다. 그들이 바뀌지 않는다면 피해 다니는 수밖에. 근데 중국인이 없는 관광지가 있긴 있는 걸까.

우연인지 모르지만 중국 사람들에게 화가 나 있는 저녁, 한국과 중국의 축구 경기가 있었다. 인구가 우리나라 20배가 되는 나라인데 축구로는 한국을 거의 이긴 적이 없는 중국. 공만 있으면 할 수 있는 스포츠라 GDP가 낮은 아프리카에서도 유명 선수들이 나오는 스포츠인데 왜 중국의 축구 실력은 다른 나라보다 못한 걸까.

중국이 축구를 잘 못하는 이유는 지독한 개인주의 때문이라고 한다. 축구는 남에게 일단 '패스'를 해야 한다. 중국 사람들은 혼자 공을 끌고 가려는 경향이 강해서 팀워크가 중요한 스포츠에서 성과를 내기 어렵다고 한다. 실제 한국이 프리킥으로 골을 넣었을 때 중국 선수들끼리 위로하기보다 비난하는 모습이 화면에 나오기도 했다. 나는 잘했는데 네가 못해서 이렇게 됐다며 탓하는 듯했다.

수비수에게 손가락질하는 중국 골키퍼를 보는데 문득 내가 쓰고 있는 청담동 글이 떠올랐다. 청담동 사람들은 각자도생일까, 아니면 온고지신일까. 사실 청담동 토박이가 아닌 내가 그들의 생각을 다 알 수는 없다. 다만 청담동 사람들은 무질서하지 않다. 마트를 가든 식당을 가든 줄을 서야 하는 상황에서는 줄을 서고 차례를 기다린다(대한민국에서 청담동 사람들만 이런 건 아니다. 내가 쓰고 있는 글과 맞물려서 청담동 예시를 든다).

내가 살면서 만난 좀 괜찮은 사람들의 공통점이 있다. 그들은 삶에서 발생하는 부정적인 일에 대해 타인에게 화살을 돌리기보다는 자신에게 더 집중한다. 누구나 인생에서 굴곡은 생긴다. 그럴 때도 그들은 평온하고 꾸준히 타인에게 관대하다. 타인이 자신의 삶에 큰 영향력이 있다고 믿지 않기 때문이다.

반대로 자신에게 일어나는 일의 많은 부분이 외부요

인으로 인해 발생했다고 믿는 사람들은 타인의 움직임과 행동에 예민하게 반응한다. 인생의 굴곡이 생겼을 때 자신을 한번 돌아보기보다는 계속 남탓을 하면서 자신은 옳다고 믿는다. 결국 이런 사람들은 평생 남의 도움을 받기가 어렵다.

무질서한 중국 관광객을 여러 번 만난 일로 과잉 해석했을 수도 있다. 중국 사람에게 새치기를 세 번이나 당했지만 네 번째로 만난 중국 사람은 예의 바른 사람이었을 수도 있다. 어쨌든 어떤 삶을 살든 어떤 국적을 가진 사람이든 가능하면 다들 줄은 잘 섰으면 한다. 중국이든 청담동이든 우리는 글로벌 시민이니까.

금수저도 행복하지 않다

스스로 단단하지 않으면

금수저도 껍질뿐이다.

청담동에 살고 강남권 커뮤니티를 이용하다 보니 부자들을 많이 만난다. 처음엔 그저 신기했다. 그리고 부러웠다. 다들 어쩜 저렇게 돈이 많고 예쁠까. 저 정도 스펙과 외모면 다들 얼마나 행복할까. 인생에서 굴곡이라는 걸 겪어보긴 했을까.

　모락모락 연기가 나는 찻잔을 앞에 두고 담소를 나누는 사람들 사이로 마음 속은 실타래가 엉킨 것처럼 꼬이고 있었다. 가끔 자산에 대한 이야기를 나눌 때 아무 말도 하지 않거나 불편한 기색을 보이기도 했지만 내 이런 마음은 그들에겐 찻잔 속 태풍일 뿐이었다.

시간이 지나면서 재력과 명예, 외모를 갖췄으면서도 행복과 거리가 먼 삶을 사는 사람들을 많이 봤다. 몇십억 대 집에 살고 월 수입이 몇천만 원이 넘으면서도 죽상을 짓고 있는 사람들이 존재했다. 그들 중에는 실제로 인생은 행복하지 않다고 말하는 사람도 있었다. 그런 사람들을 보면 궁금해진다. 이렇게 완성된 배경을 가진 사람들이 행복하지 않다면 과연 누가 행복한 것일까.

이런 고민을 하고 있는데 2023 항저우 아시안 게임 야구 결승전을 보게 됐다. 한국과 대만의 경기였는데, 선발투수로 등판한 문동주 선수가 6이닝을 무실점으로 마치고 환호하는 장면이 화면에 비췄다. 만 19세의 어린 선수가 빈장구 야구경기장에서 승리의 아리아를 외치는 모습을 보면서 행복에 대한 답이 명확히 보였다.

행복한 사람은 밀도 높은 삶을 사는 사람이다. 문동주 선수를 예로 들면, 그는 인생의 절반 이상을 야구만 해 온 사람이다. 그냥 야구만 하는 것이 아니라 큰 선수가 되겠다는 생각으로 일정한 루틴과 성실한 연습, 영어 공부까지 한 겹 한 겹 쌓아 올라왔다. 그간의 노력이 한순간에 빛을 발하는 저 순간, 수줍은 미소를 띄우는 게 아니라 그는 포효한다. 오랜 시간 쌓아 올린 것들로 인해 비로소 닿게 된 정상에서는 잔잔히 웃기보다는 폭발하는 포효가 더 어울린다.

금수저든 아니든 간에 항상 긍정적 에너지가 넘치는 사람들을 보면 삶의 밀도가 높다. 물질이든 마음이든 나의 그릇을 채우기 위해 부단히 노력한다. 오롯하게 거울만 바라보며 내 인생에 뭘 채울지 고민한다. 크든 작든 어떤 노력으로 삶의 변화를 불러일으킨 경험이 있기 때문에 자존감이 높고, 인생 자체가 자신에게 집중되어 있기에 타인에게도 관대하다.

반면 삶의 밀도가 낮은 사람들은 자꾸 타인을 본다. 남이 좋다는 것, 남이 하라는 대로 끌려가다 보니 만족스러운 결과가 나오지 않는다. 불만족을 잊기 위해 끊임없이 남을 쳐다보며 남들보다 아주 약간의 이익을 얻으면 기뻐한다. 예를 들면 같은 월급을 받는데 한 시간 일을 덜 했다거나 그런 것에 동요하고 카타르시스를 느낀다. 시선이 항상 타인에게 가 있기 때문에 삶의 밀도는 계속 떨어진다. 그러다가 몸에 남아 있는 에너지가 없으면 남 탓을 하며 쓰러진다.

1,000억을 물려받은 금수저라도 스스로 일궈낸 성과가 없는 사람들은 불안정했다. 명품이나 SNS로 행복을 가장하지만 실제 만나보면 마음이 텅 비어 있었다. 가장 좋은 케이스는 적당한 재산을 물려받았으면서 자수성가한 사람들이다. 타인의 도움 없이 오롯이 본인으로 노력해서 성공을 이룬 사람들은 행복해 보인다.

이를 일찍 깨달은 부자 부모들은 아이들에게 결핍을 가르친다. 실제 타워팰리스가 집이지만 일부러 아이들에게 결핍을 가르치기 위해 쓰러져가는 재건축 아파트에 사는 분을 알고 있다. 이분도 자수성가한 사업가지만 아이들을 부족함 없이 키웠을 때 생길 일들에 대해 일찍 이해하고 있어 월세를 내면서 아이들에게 결핍을 가르치고 있었다.

아직 아이들이 다 큰 건 아니지만 이 아이들이 잘 성장할 것을 의심하지 않는다. 녹물이 나오는 아파트에서 필터를 껴서 샤워하면서 목표를 생각하며 사는 인생과 온실 속 화초처럼 사는 건 마음의 근육량이 다를 것이기에.

《나는 나로 살기로 했다》를 쓴 김수현 작가는 책이 200만 부 넘게 팔렸는데도 불행하지는 않지만 그렇다고

행복하지도 않다는 느낌이 들었다고 한다

외부 목표를 달성한 사람들이 막상 그렇게 행복하지 않은 걸 본다. 오히려 그곳에서 길을 잃어버린다. 성공하고 돈 잘 벌고 잘나가면 행복할 줄 알았는데 공허함을 마주한다. 블랙핑크 로제조차 콘서트를 마치고 나면 공허함을 느낀다고 한다. 마음이 꽉 차오르는 행복은 타인과의 비교우위를 점하면서는 절대 가질 수 없다. 마음을 단단하게 만들려면 시선은 타인보다 나를 향해야 한다.

요가 수련을 할 때 꼭 눈을 감으라고 한다. 역설적이게도 눈을 감아야 내가 보인다. 암전 상태에서 호흡소리를 듣고 있으면 그제야 내가 보이기 시작한다. 요가를 하면서 느낀 거지만 나에 대한 온전한 감각이 살아나야 어떻게 나와 평화롭게 살아갈지 방향이 보인다.

그럼 이 글을 쓰고 있는 나는 행복하게 살고 있을까? 행복이라고 단언하긴 어렵지만 밀도 높은 삶을 살고 있다곤 말할 수 있다. 글을 꾸준히 썼더니 출판사에서 연락이 왔고 계약서 도장을 찍은 지 얼마 안 되어 회사에서 팀장이 됐다. 써야 하는 에세이 원고가 100장, 써야 하는 사업전략 보고서가 200장이다. 백지의 공포와 실적의 압박을 느끼지만 그럼에도 묘한 해방감을 느낀다.

인생을 30년 넘게 살면서 밀도 높은 삶을 살았을 때 따라오는 결과에 대해 잘 알고 있다. 지금 몸과 머리가 조금 힘들지만 몰입해서 무언가를 생산해낸 이 순간들이 모여 내가 이상적으로 생각하는 미래의 내 모습이 만들어질 것임을 믿는다. 그때 문동주 선수처럼 포효하겠지. 타고난 금수저는 아니지만 금처럼 단단한 내면이 계속 쌓이길 바라며 앞으로 다가올 신선한 바람과 활기찬 변화를 맞이하고 싶다.

관자가 많은 동네에서 청담동으로

뽀얀 관자살이 이어준

인연.

관자는 나에게 시금치였다. 보통 엄마들이 아이들에게 튼튼해지려면 시금치를 먹어야 한다고 채근할 때 우리 엄마는 관자를 내 밥그릇 위에 올렸다. 아이들이 엄마에게 강요된 시금치를 싫어하듯 나도 관자를 싫어했다. 고무줄 같은 식감에 묘한 비린내는 푸근한 밥상머리에서 미간을 찌푸리게 했다. 관자를 싫어하는 마음을 아는지 모르는지 엄마는 매 끼니 관자 요리를 만들었다.

도톰한 관자를 숭덩숭덩 썰어 버터에 구워낸 관자구이, 샛노란 계란물을 풀어 부친 관자전, 참기름장에 콕 찍어먹는 관자회까지. 어떤 날은 밥을 뺀 모든 요리에 관자가 들어 있었다. 그런 날은 숟가락을 내려놓고 '먹을 게 없다'고 투정을 부리다 엄마에게 등짝을 맞곤 했다. 어린 나에게는 관자를 목구멍으로 넘기는 것 자체가 고문이었다.

　우리집에 관자가 많았던 이유는 할머니댁이 조개양식장과 가까운 해안가였기 때문이다. 간이 안 좋은 아버지를 걱정한 할머니는 장이 열리는 날 관자를 잔뜩 사서집에 보냈다. 특히 관자 철인 봄에는 냉장고 문을 열면 관자를 담은 비닐봉지가 와르르 쏟아질 정도로 관자가 많았다. 아버지는 할머니의 사랑을 생각하며 감사하게 말캉한 관자살을 씹어 삼켰지만 간도 좋고 도통 아픈 데가 없는 내 입장에서는 관자만큼 먹기 싫은 게 없었다.

　두 손을 테이블 밑으로 내리고 인상을 쓰는 나에게 엄마가 말했다. 관자가 이렇게 너한테 천대받을 게 아니라고. 서울 사람들은 특별한 날 한번 먹을까 말까 한 귀한 음식이라고.

　그건 서울 사람들 사정이고 나는 여전히 관자가 싫다고 하자 엄마의 손이 내 등 뒤로 서서히 올라갔다. 할 수 없이 재빨리 제일 작은 관자전를 입에 넣고 오물거렸다. 질긴 껌을 씹듯이 관자살을 질겅거리며 다짐했다. 나

중에 어른이 되면 꼭 서울로 가야지. 관자가 구하기 힘들고 먹기도 힘들다는 그 서울로.

다행히 염원대로 스무 살에 서울로 왔다. 서울 음식은 확실히 달랐다. 삼겹살 하나에도 선택지가 많았고 대학가라 가격도 쌌다. 특히 나는 철판구이를 좋아했다. 뜨거운 불판에 고기를 달달 볶아먹다가 남은 양념으로 볶아먹는 밥은 신세계였다. 매끼 철판구이만 먹고살 수 있을 것 같았다. 하지만 친구 중 몇몇은 조개구이집에 가고 싶어 했다. 달큰한 레몬소주에 치즈가 올라간 조개구이가 그렇게 맛있다고 내 손을 끌었다. 그렇게 친구들과 조개구이 집에 간 날은 자취방에 돌아와 라면 하나를 다시 끓여 먹었다.

취업을 하고 2년 차가 됐을 때 다른 층에서 근무하는 대리님과 소개팅을 하고 썸도 타게 됐다. 대리님은 청담동에 나를 자주 데려갔다. 별 의도가 있었던 건 아니고 회사에서 가까우면서 데이트할 만한 곳이 청담동뿐이었다.

처음 파인다이닝 레스토랑에 간 날, 코스 요리가 나오는 고급 레스토랑은 익숙지 않아 전날부터 잠이 안 왔다. 신경이 쓰이는 건 소개팅 상대인 대리님이 아니라 레스토랑에서 만날 사람들이었다. 혹시 내가 시골 출신인 걸 알아차릴까 봐 옷장 앞에서 한참 동안 옷을 골랐다. 프릴이 들어간 원피스를 입을까? 아니면 차분해 보이는 정장 재킷을 입을까. 한참을 고민하다가 블랙 롱 원피스에 회색 케이프를 두르고 갔다.

레스토랑에 도착해서 점원에게 메뉴판을 받는데 묘하게 손이 떨렸다. 괜히 말 한마디 잘못했다가 나의 촌스러움이 발각될까 봐 조용히 있었다. 메뉴판을 능숙하게 훑던 그는 평소 잘 못 먹는 음식이 있다면서 먹어도 괜찮겠냐고 물었다. 그건 바로 관자 스테이크였다. 그는 메뉴판을 내쪽으로 보여줬다. 빼곡한 설명 중에 가장 눈에 들어오는 건 3만 원이라는 가격이었다. 고작 몇 점 안 나오는 관자가 3만 원이라니. 우리집 냉장고에 빼곡히 쌓여 있는 관자가 생각났다. 오래 묵혀둬서 성에가 낀 데다 비린내까지 진동하는 관자들. 고향집에 넘치는 관자를 상상하고 있는 나에게 대리님은 관자가 별로냐고 물었다. "아, 아니요"라고 손사래를 치자 그는 점원을 불러 관자 스테이크를 주문했다.

주문하고 20분 정도 지났을까 관자 요리가 서빙되어

나왔다. 넓게 펼쳐진 연노랑 양파 소스 위에 관자 여섯 개가 나란히 담겨 있었다.

　　나를 향하던 대리님의 초롱초롱한 눈은 관자로 향했다. 대리님은 스푼 가득 양파 소스와 관자를 채워 입으로 가져갔다. 그는 미간을 찌푸리며 감탄사를 외쳤다. 한쪽 볼로 관자를 씹던 그는 관자 요리를 내 쪽으로 밀었다. 대리님이 했던 것처럼 스푼에 양파 소스와 관자를 골고루 담아 입으로 쏙 집어넣었다. 갑자기 눈이 확 뜨였다. 집에서 먹던 그 관자가 아니었다. 프랑스 인근 지중해에서 오랫동안 훈련한 셰프가 고심해서 만든 고급 요리 같았다. 그 뒤로 다른 요리들이 나왔지만 우리는 관자 요리를 집중해서 먹었다. 마지막 관자 한 조각이 남았을 때 나는 그릇을 대리님 쪽으로 다시 밀었다.

　　"저는 어릴 때부터 관자를 많이 먹었어요. 저희 집에 관자가 아주 많았거든요."

　　이 말을 하고 나니 이상하게 온몸에 긴장이 풀렸다. 두꺼운 키조개 껍질을 벗고 흰 속살을 내보이는 관자처럼 불편하게 입고 있던 감정이 흘러 나가는 느낌이었다. 관자를 좋아하는 그에게 우리집에 관자가 왜 많았는지 미주알고주알 설명했다. 관자를 향해 빛나던 눈은 다시 내쪽으로 돌아왔다.

식사를 마치고 나와 집으로 가려는데 대리님이 내 손목을 붙잡았다. 오늘 이렇게 헤어지기 아쉬운데 커피 한잔 더 하자는 그. 그렇게 만남을 이어가다가 우리는 결혼까지 했다.

서울 토박이인 남편은 운전으로 장장 다섯 시간을 가야 하는 장흥을 좋아한다. 할머니댁이 있는 장흥에 가면 관자를 배 터지게 먹을 수 있으니까. 특히 소고기, 버섯, 관자를 함께 먹는 장흥삼합은 남편이 가장 좋아하는 음식이다. 결혼하고 한참 뒤에 남편에게 데이트를 했던 때를 물어봤더니 관자에 대해서는 전혀 기억하고 있지 않았다. 그저 그날은 솔직하고 배려심 있는 내가 마음에 들었단다.

나는 아직도 관자를 잘 먹지 않는다. 그럼에도 이젠 관자의 존재가 좋다. 뽀얀 관자살처럼 속을 훤히 보여주면 이루지 못할 인연이 있을까. 관자가 이어준 인연을 영원히 잘 지키고 싶다.

❖ 쓰디쓴 아픔을 견디면
◦ 달달한 미래가 온다

세상에서 해결하지 못할

일은 없다.

아이가 사탕을 바닥에 떨어뜨렸다. 빨간 막대 사탕은 아이의 마음도 모른 채, 새까만 흙이불을 덮고 뒹굴거리고 있다. 아이가 세상이 끝난 것처럼 운다. 다시는 사탕을 먹지 못할 것 같은지 바닥에 떨어진 사탕 옆에 양손을 짚고 목놓아 운다.

그런 아이를 일으켜 세우고 말했다.

"별거 아니야, 봐봐."

주머니에 하나 더 있던 초록색 사탕을 꺼내어 아이

손에 쥐어준다. 아이는 사탕을 들고 잠시 울음을 멈추더니, 그래도 이 빨간 사탕이 먹고 싶었다며 흐느낀다. 나는 아이에게 말했다.

"빨간 사탕이랑 초록 사탕 맛이 똑같아. 오히려 초록 사탕은 더 오래 먹을 수 있잖아. 울지 말아."

그제야 새 사탕을 든 아이가 웃어 보인다. 그래, 별일 아니잖아.

눈이 촉촉한 채로 사탕을 물고 있는 아이의 손을 잡고 공원을 거닌다. 초겨울이라 바람이 차다. 매년 초겨울이 다가오면 나의 20대가 떠오른다. 춥고 추웠던 나의 20대. 무슨 일을 해도 풀리지 않던 시절. 늦은 새벽에 잠들려고 누워도 잠이 오지 않았다. 어두운 생각이 꼬리를 물고 물어 나의 내면을 후벼 팠다. 상처를 손가락 하나하나로 확인하며 눈물을 흘렸다.

과연 나는 잘 살 수 있을까? 내 미래는 괜찮을까? 내일은 또 무슨 힘으로 살아야 할까? 신이라는 게 존재하긴 한 걸까? 겉으로 티는 내지 않았지만 속은 매우 괴로웠다. 이 밤이 지나면 맞이 하고 싶지 않은 아침이 오겠지. 괴로움의 끈은 어디서 끊을 수 있을까.

불안했던 시기가 지나가고 서른 살이 되었다. 서른이 되던 해, 다나베 세이코의 소설 《딸기를 으깨며》의 노리코처럼 '행복해서 눈앞이 깜깜한' 정도는 아니지만 그래도 20대보단 마음이 편했다. 내가 힘겹게 싸웠던 세상은 생각보다 넓었고 나를 받아주는 곳은 있었다. 그저 '나'라는 이유로 사랑해주는 사람도 만났다. 그래도 완전한 행복감을 느끼지는 못했다.

서른 살이 되던 해, 아이를 낳았다. '눈앞이 깜깜한' 행복을 느꼈다. 아기 냄새를 맡고 있으니 시간이 멈췄다. 지금까지 앓고 있던 모든 고통과 시름이 잊혀졌다. 이 아이가 건강하다면, 행복하다면 내가 뭘 더 바랄까. 내가 뭘 이루는 게 중요한 게 아니라는 걸, 그저 이 아이의 엄마라는 자체로 내가 완성되었음을 느꼈다.

주변 상황은 여전했다. 원하던 꿈은 이루지 못했고, 원하지 않는 직장을 다니고 있었다. 나보다 잘난 사람들이 주변에 넘쳐났다. 이제 그런 건 중요하지 않았다. 이 아이와 이 아이의 아빠와 행복하고 평온하게 사는 것. 그

것만이 내가 바라는 전부가 되었다. 예상치 못한 사건이 일어나도 가족의 건강과 관련된 게 아니라면 "별거 아니야, 괜찮아"라는 말을 스스로 할 수 있게 되었다.

어쩌면 20대의 나는, 사탕을 떨어뜨리고 울었던 아이처럼 작은 사탕을 보고 절망했을 수도 있다. 손에 들고 조심조심 아껴먹던 사탕을 눈앞에서 떨어뜨리니 얼마나 당황스럽고 슬펐을지. 조금만 기다리면 '새 사탕'을 받을 수 있는데. 새로 받을 사탕은 침이 닿지 않아 영롱하고, 심지어 크기도 더 클 텐데. 왜 그걸 알지 못하고 흙밭에 굴러다니는 사탕에만 집착했는지.

김연수 작가의《지지 않는다는 말》에 나오는 구절을 좋아한다. 인간은 나이가 들면 젊었을 때보다 훨씬 더 행복해진다고 한다. 나이 든 사람과 젊은 사람은 서로 다른 세상에 살기 때문이다. 젊은 사람들은 갑자기 큰 성공을 이룬 사람을 동경하고, 나이 든 사람들은 원인과 결과를 기준으로 세상을 판단한다. 그래서 나이 든 사람들이 차곡차곡 쌓인 시간의 가치를 더 잘 알고 행복을 그곳에서 찾는다.

돌아보면 나의 20대는 인과보다는 우연이 작용하던

시기였다. 1000대 1의 시험에서 탈락했다는 이유로, 나를 알아봐 주지 않는다는 이유로 불행했다. 30대 후반인 지금, 확실히 말할 수 있다. 그때보단 지금이 훨씬 행복하다.

나이가 들면 들수록 세상이 예측된다는 느낌이 든다. 세상은 생각보다 유기적이어서 눈앞의 사탕이 없어지면 다른 사탕을 사면 되고, 사탕이 없어지면 새로운 간식을 찾으면 된다. 인생을 살아가다가 갑자기 예상하지 못한 사건이 터지면 주변 사람들이나 전문가를 통해 해결하면 된다. 복잡하고 거미줄처럼 엮인 세상에서 해결하지 못할 일은 없다.

내가 열등하다는 생각은

나를 갉아먹기만 한다.

청담에 산다고 했을 때 다양한 표정과 반응과 마주하지만 가장 반응이 안 좋은 건 회사에서 만나는 사람들이다. 아무래도 회사가 접근성이 좋은 강남역 부근에 있어서 수도권의 다양한 곳에서 출퇴근하는 분들이 많아 고생스러운 출퇴근 여정을 보낸다. 이런 상황에서는 강남구에만 산다고 해도 질투가 나는데 청담동이라니. 딱 보기에 부티도 안 나고 추레한 내가 청담동에 산다고 하니 자괴감을 느끼는 것 같았다.

동네 이야기를 하다 불편한 분위기를 감지하면 나는 바로 손사래를 치며 말한다.

"저 부자 아니에요!"

그럼 사람들은 입술을 삐죽거리며 거짓말하지 말라고 한다. 나는 진짜라고 하면서 청담동에서 겪은 몇 가지 이야기를 해준다. 이 동네 사람들은 명품도 별로 안 입고, 검소하고 소박하고 운동을 열심히 한다. 그뿐이다. 게다가 이 동네 사람들은 생각만큼 엄청난 부자는 아니다. 그저 일상을 평범하게 보내는 우리와 비슷한 사람들이라고 강변하지만 결국 그들 머릿속에 남는 건 '청담동 사는 잘난 시드니'다.

그들이 불행해지는 걸 감지한 순간은 나에게 이런 말을 던질 때다. 내가 회사에서 안 좋은 일을 겪어서 고민을 털어놓으면 몇몇은 이렇게 말한다.

"넌 청담 살잖아."

그러니까 너는 나보단 행복하잖아. 넌 불행을 말할 자격이 못 돼. 넌 그냥 조용히 있어. 내가 더 불행하니까 어서 나를 위로해. 그게 네 역할이야. 귀만 열고 입은 닫아.

경멸하는 눈빛을 읽으면 후회가 몰려온다. 일단 내 입이 문제다. 그들과 가까워지려고 오픈한 개인정보가 화살로 돌아와 인간관계를 꼬아버린다. 어쩌다 괜한 부채의식에 밥값이나 커피값을 내기도 하는데 별로 고마워하지도 않고 당연하게 생각한다. 어떤 사람은 내가 사는 동네를 알게 되자 나를 피해버리기도 했다. 대체 왜?

이럴 때 공감할 수 있는 친구는 동네 친구뿐이다. IT 회사에 다니는 한 친구도 회사에서 나와 비슷한 오해를 받는다. 청담동에 한 동짜리 아파트 산다고 해도 끝까지 '청담동 며느리' 프레임에서 벗어나지 않는다고 한다. 열등감을 느끼는 것까진 좋은데 괜히 무력감과 초라함까지 삼중살을 맞는 사람들. 이런 사람들과는 멀어지는 수밖에 없다.

동네 친구랑 도란도란 이야기를 하다가 "강남 사람들은 지들끼리 몰려다녀"라는 말이 생각났다. 사실 나도 그 말을 하는 사람 중 하나였는데 지금은 '몰려다니는' 당사자가 되어버렸다. 열등감을 느끼거나 빈정대는 사람들에게서 도망치다 보니 비슷한 접점을 가진 사람을 찾게 된다. 비아냥대는 그들을 미워하는 건 아니다. 세상이 세

속화되고 '강남'이라는, 실체가 불명확한 영역을 프레임 화하니 틀 안에 들어오지 못한 누군가는 상처가 있을 수 있다. 다만 그럴수록 강남 사람들은 결속된다. 누구나 상처받은 마음은 동질감을 느낄 수 있는 사람에게만 위로를 받으니까.

그렇다고 나는 열등감이 없는가. 이 동네 살면 열등 감만 생긴다. 그럼에도 열등감을 안고 살기보다는 어떻게 그 감정을 떨쳐낼지 더 고민한다. 내가 열등하다는 생각은 나를 갉아먹기만 할 뿐, 내 인생에 어떤 도움도 되지 않으니까.

◦ 청담동 로컬로 살아남는 법

콧대를 높이지 말고

나의 경계를 허물 것.

11년 동안 청담에서 생활하다 보니 이제는 여기가 내 집 같다는 생각이 든다. 장소가 익숙한 것도 있지만 사람들도 편하다. 예전에는 동네 사람들을 만나면 주눅이 들었다. 얼마나 부자일까? 왜 저렇게 날씬하고 예쁘지? 날 무시하면 어떡하지? 이런 쓸데없는 물음표들이 머릿속을 헤집어놨다. 그 시간이 한참 지난 지금은 딱히 그러진 않는다. 만약에 내가 물음표만 안고 두려운 마음에 문을 닫고 살았다면 어떤 일이 생겼을까. 여전히 외지인 같은 모습으로 살았을 거다.

이 엄청난(?) 동네를 살아내기 위해 내가 선택한 방

법은 진입장벽을 낮추는 거다. 괜한 자존심 세우지 않고 먼저 다가가고 나에게 먼저 연락이 오면 환대한다.

나도 귀한 자식이고 회사에서 어느 정도 짬이 찬 사람이라 괜히 도도하게 굴고 싶을 때도 있다. 나를 쉽게 보지 말라는 눈빛으로 상대방을 내려보고 상대가 인사를 할 때까지 나도 인사를 하지 않는 방식으로 응수할 수 있다. 이렇게 며칠을 살아봤더니 결국 가장 힘든 건 나였다. 나를 위해서라도 나로 들어오는 문턱을 낮춰야 했다.

그랬더니 많은 사람들이 내 인생 안으로 밀려 들어오고 나를 도와줬다. 우리 모두의 인생은 거미줄처럼 연결되어 있고 혼자 해결할 수 있는 부분은 한정적이다. 큰 성과를 이룬 사람들은 그 결과가 혼자 해낸 것처럼 착각하고 살지만 그럴 가능성은 매우 낮다. 현관문을 열고 바깥으로 나가는 순간, 우리는 세상의 모든 점·선·면으로 연결된다. 어차피 세상으로 나올 거라면 연결과 연대에 적극적인 태도를 취하는 게 효율적이고 합리적이다.

물론 주위에 사람이 많으면 피곤할 때도 있다. 이런저런 정보의 홍수 속에 빠지고 우선순위를 잊어버릴 때도 있다. 가까운 정도에 대한 서로 간의 이견으로 누군가는 상처를 받기도 한다. 몇 번의 큰 상처로 나도 사람과의 관계를 최소화하고 살까 했지만 결국 사람들이 나에게 모여들어야 나와 잘 맞는 사람을 찾을 수 있다.

진입장벽을 낮춰 많은 사람들을 만나다 보면 결국 선택권은 나에게 온다. 장벽이 높은 사람들은 도도해서 선택권이 많을 것 같지만 별로 그렇지 못하다. 스스로 사람들을 잘라내고 좁은 범위로 사람을 가려내기 때문에 적은 선택권을 가지고 산다. 물론 어떤 측면에서 효율적이지만 세상을 보는 시야가 좁아질 수 있다. 일단 넓은 범위를 접하고 난 뒤 경험하고 나중에 원하는 것을 취하는 게 더 옳은 선택을 할 수 있다. 음식도 다양하게 먹어봐야 내가 진짜 좋아하는 게 뭔지 알 수 있으니 가능하면 사람도 맛보기 정도는 하는 게 필요하다.

청담동에 오래 사신 분과 대화하다 "그분도 대구 사람인데"라고 하는 말을 들었다. 대구와 내 고향은 220킬로미터 정도 떨어져 있다. 전혀 공통점이 없지만 청담동 출신인 사람과 아닌 사람으로 구분하는 성향이 남아있다. 이제는 그런 것에 소소하게 상처받지 않는다. '외지인'이라는 건 어디든 있는 개념이니까.

그런 말에 상처받아 문을 닫으면 난 영원한 '외지인'으로 남는다. 그들의 사고방식을 인정하고 스며들어야 로컬이 될 수 있다. 기분 나쁜 포인트가 생기면 굳이 되새김질하지 않고 그렇게 생각할 수 있다는 걸 받아들이는 게 낫다. 받아들이면 이해하게 되고 이해하면 의도를 곡해하지 않는다. 그러면 자연스럽게 상대방의 사고와 내 사고회로가 연동이 된다. 이게 내가 청담동의 로컬로 살아남은 가장 효율적인 방식이다.

퇴근길에 시간이 남으면 스타벅스로 향한다. 주로 앉는 자리는 창가 자리인데 옆 의자에 가방을 올려두고 노트북을 열어 에세이를 쓴다. 한창 글쓰기에 몰입하고 있으면 누군가 다가와 옆자리를 톡톡 친다. 글 쓰는 흐름이 깨져서 불편할 때도 있지만 그래도 그럴 때는 자판치는 걸 멈추고 내 가방을 치운다. 아는 사람이면 대화를 하고 모르는 사람이면 테이블 공간이 좁지 않도록 내 영역을 좁혀준다. 이 정도의 태도가 내가 청담동에서 로컬로 남아 있는 비결인 것 같다.

나만의 청담동 보호색은?

항상 언어에 신중할 것,

내보이는 것을 조심할 것.

최근 제주도로 여행을 다녀왔다. 아이를 임신했을 때 태교여행으로 다녀온 이후 처음이니 9년 만이었다.

제주는 여전히 장관이었다. 유채꽃 사이로 부서지는 파도는 아름다웠고, 켜켜이 쌓인 돌담과 햇살이 어우러지는 지점은 한 폭의 그림 같아 계속 셔터를 눌렀다.

3박 4일의 일정을 마치고 마지막 날, 사진 정리를 위해 클라우드를 보는데 문득 9년 전 제주사진이 궁금해졌다. 스크롤을 한참 올려 당도한 곳에는 부푼 배를 가만히 매만지며 녹차 밭에 서 있는 20대 후반의 내 모습이 있었다. 앳된 날들을 회상하며 추억에 잠기려는데, 뭔가 작은 변화가 느껴진다. 사진 속 옷 색깔이 너무 알록달록 했기 때문이다.

지금 내 옷장을 열어보면 흰색, 아이보리, 그레이, 검정색 옷들뿐이다. 9년 전만 해도 내 옷장은 박시한 후드나 그래피티를 옮겨놓은 듯한 화려한 패턴의 옷이 많았다. 10년이면 강산도 변하고 내 성향, 취향이 모두 변했을 수도 있지만 단물 빠지듯 옷장에서 색깔이 다 빠져버렸다. 이건 다 청담동 때문이다.

내 취향은 바뀌지 않았다. 여전히 원색이나 컬러감이 강한 옷을 좋아한다. 다만 내 취향을 유지하면 동네에서 너무 눈에 띈다. 청담·삼성·압구정 사람들 사이에서 지내면서 눈에 안 띄기 위한 생존전략으로 무채색 옷들을 골랐다. 나만의 취향은 숨긴 채. 왜냐면 취향에 자신이 없으니까.

옷에 색이 빠졌다고 해서 내가 자존감이 낮아지거나 처연해진 건 아니다. 색감은 뺐지만 태는 더 내는 스타일링을 하고 있다. 이런 룩을 요즘 '올드머니룩'이라고 부르기도 한다. 브랜드 로고나 디자인이 화려한 것들보다는 잘 관리된 몸을 드러내는 원단이 좋은 옷들을 입는 것. 이게 이 동네 사람들의 겉모습이다.

모델들을 잘 보면 일상생활에서 과한 옷을 잘 입지 않는다. 몸매에 자신이 있다 보니 몸의 시선을 분산시킬 수 있는 색감의 옷보다는 단출한 옷차림을 선호한다. 건강 관리와 생활 습관에 신경 쓰는 사람들은 날씬하고 탄탄한 몸매를 유지하고 옷으로 자신을 표현하려고 하지 않는다. 최대한 편하되 사람에게 시선이 갈 수 있는 옷을 입는다.

이사를 항상 고민하는 나지만 (아직도 빈부격차는 적응하지 못했다) 어떻게든 이 동네에서 버티고 있다. 조금 자만한 소리일 수 있지만 이젠 겉으로만 보면 외지인 느낌은 별로 안 나는 것 같다. 처음에 이사 와서 경비 아저씨나 슈퍼 아주머니에게 말도 못 걸었던 쫄보 시절을 생각해 보면 격세지감이다.

그럼에도 여전히 청담인들이 태생적으로 쌓아온 문화자본의 벽은 높다는 걸 느낀다. 그들이 각자의 예술적 취향에 대해서 이야기할 때, 저녁을 먹는 식사 에티켓을 볼 때 문화자본력이 높은 사람들임을 체감한다. 가장 장벽을 느꼈을 때는 감정적인 대화를 나눌 때 놀라운 감정

통제를 해내는 모습을 볼 때다. 바로 앞서서 같은 화제로 흥분해서 열변을 토했던 내가 한없이 초라해지는 순간이었다.

그나마 청담동 사람들보다 내가 조금 나은 게 있다면 그건 어휘력이다. 고급 어휘나 예술 언어는 잘 모르지만 세상에 떠다니는 다양하고 센스있는 어휘를 많이 알고 있어 대화를 할 때 강점이 될 때가 많다. 이는 내가 인문학 서적이나 소설을 많이 읽기 때문이지 않을까 싶다.

청담동 사람들에게 섞여 사는 비결이 겨우 독서라는 게 어이없지만 물려받은 문화자본이 없는 내가 스스로 만들 수 있는 후천적 생산재는 다독으로 인한 어휘력뿐인 것 같다.

이곳에 10년을 넘게 살았는데도 아직도 쫄아 산다. 길 가다 누구를 만날지 무섭고, 누군가 진짜 나를 알아차릴까 봐 여전히 두렵다. 그럴 때 내가 나를 감추는 법은 최대한 색깔을 빼고 가만히 있는 거다. 굳이 말을 해야 하면 머릿속에서 최대한 언어를 정제해 느린 속도로 내뱉는다. 불현듯 떠오르는 말을 날것의 상태로 절대 내놓지 않는다. 항상 언어에 신중할 것, 그리고 내보이는 것을 조심할 것.

이 정도만 알아도 청담동 로컬이다

항상 남에게 무시당하는 게 두렵다. 이런 말을 털어놓으면 상대방은 놀란다. 너처럼 당당한 애가 그런 생각을 하고 사냐고. 목소리를 높이고 어깨를 펴고 다니는 건 내 속에 깊숙이 자리 잡고 있는 자격지심이란 녀석을 감추기 위함이다. 나는 누구보다 남의 시선과 평가가 두려운 사람이었다.

그런데 청담동에 살면서 그런 생각을 내려놓게 됐다. 한두 푼 차이가 나야 자격지심을 느끼지, 로또를 세 번 당첨되어도 근접하기 어려운 자산 수준은 '해탈이 무엇인가'에 대한 답을 상황으로 정확히 설명해줬다. 동시에 어떻게든 오며 가며 만나기 때문에 그들 사이에서 튀지 않고 자연스럽게 섞일 수 있는 생활 습관과 생각을 갖게 했다.

부자 동네에서 꿀리지 않은 '척' 살아가려면 이렇게 하면 된다.

1. 몸에 브랜드 로고를 휘두르고 다니지 않는다.

2. 연예인을 보면 태연하게 행동한다.

3. 시간과 돈을 들여서 운동한다.

4. 남들과 부딪치면 사과한다.

5. 나만의 취미를 갖는다.

6. 남에게 동조를 바라지 않고 소신대로 산다.

7. 젊은 부자에 열광하지 않는다.

8. 철물점, 세탁소 사장님에게 배운다.

9. 작은 도전이라도 멈추지 않는다.

10. 가진 것을 함부로 자랑하지 않는다.

다이어리에 짝 적어놓고 하나씩 실천하다 보니 평생 혹처럼 달고 다니던 조급함이 사라졌다. 우리나라에서 내로라하는 부자들이 사는 동네 살면서 아이러니하게도 성공에 대한 조급함이 없어졌다. 가까이에서 본 그들은 벼락처럼 성공한 사람들이 아니었다. 그저 하루하루 작은 도전들을 하며 습관을 만들고 습관을 통해 성공한, 느긋한 사람들이었다.

브런치에 글을 연재하면서 많은 분들에게 관심과 사랑을 받았다. 물론 중간중간 날 선 반응도 있었고 테마를 바꾸라는 힐난도 있었다. 그럼에도 이름값 하나 없는 작가에게는 비난조차 에너지가 됐다. 이 글을 읽어주신 모든 분들에게 청담동의 기운이 확확 전해지길.

아무튼, 청담동

청담동 이야기를 쓰게 된 계기를 묻는 분들이 많았다. 이
글은 유이영 작가의 《합정과 망원 사이》에서 영감을 얻었
다. 신문기자인 작가는 망원동 주민으로 살았던 7년의 기
록을 담았다. 합정과 망원은 서울 내 타 지역 대비 다양성
에 대한 수용도가 높고 1인 가구 생활이 주류가 되는 몇
안 되는 동네라 일반 독자들이 흥미로워할 거라고 생각
했다고 한다. 작가의 예상대로 합정과 망원만의 특색있는
이야기는 많은 독자들에게 사랑을 받아 세상에 책으로 나
왔다.

당시 자기계발서를 전자책으로 내고 무반응에 좌절

하던 나는 유이영 작가의 인터뷰에서 영감을 받았다. 일반 독자들이 흥미로워하면서 내가 쓸 수 있는 특색있는 글이 무얼까 곰곰이 생각했다. 그때 발을 디디고 있는 청담동이 머리를 스쳤다. 청담동에 처음 이사 와서 두려웠던 감정에서 점차 적응해나갔던 경험을 하나하나 눌러 적었다.

유이영 작가의 조언(?)대로 이 시도는 성공적이었다. 〈청담동 살아요, 돈은 없지만〉은 단일 브런치북으로 누적 조회수가 100만이 넘었고 구독자 400명에 불과하던 계정을 3,500명이 구독하는 상위 3퍼센트 계정으로 만들었다. 특히 '청담동 사람은 명품을 안 입는다'라는 표제작은 35만 명이 읽었다. 물론 조회수가 모든 걸 말해주진 않지만 이 테마와 스토리가 사람들을 끌어들이는 이야기라는 걸 확인했다.

글이 큰 반응을 얻으면서 긍정적인 반응도 있었지만 악플도 많이 달렸다. 자기가 아는 청담동 사람들과 내가 쓴 청담동 사람들이 다르다는 게 주였다. 누군가는 '청담동 산다고 자랑하냐?'라는 말도 했다. 그렇게 느꼈다면 이 모든 건 작가의 부족함이다. 물론 글을 전체적으로 꼼꼼하게 읽은 사람들이라면 그런 질문을 하긴 어렵지만 사람들의 반응을 보면서 우리나라에서 '청담동'이라는 곳이 어떤 의미를 가진 곳이라는 걸 더 확실히 알게 됐다. 이름만 들어도 욕망, 돈, 자랑, 사치가 그려지는 곳. 그런 반응을 보면서 움츠러들기 보다는 대척점을 그리는 에너지로 삼았다.

청담동은 고가, 고급, 부자들이 모여 있는 곳이다. 하지만 조금만 속을 파보면 우리네 삶과 별로 다르지 않았다. 물론 내가 경험한 이야기가 몇만 명 청담동 사람들을 대표할 순 없다. 그럼에도 가장 개인적인 이야기를 풀어내면서 청담동이 보편적인 인식과는 다른 면도 있다는 걸 이야기하고 싶었다. 세상에는 단 한 가지 단어로 정의 내릴 수 없는 다층적인 것들이 많고, 청담동도 그러했다.

가을 단풍길에서 낙엽을 줍듯 내 옆에 가까이 떨어진 사람들의 이야기를 줍다 보니 한 권의 책이 완성됐다. 다시 한번 원고를 쭉 훑어보니 많은 사람들이 등장한다. 한껏 꾸미고 나갔더니 단출하게 입은 옷차림으로 나를 창피하게 만든 유치원 엄마들, 비슷한 형편인 줄 알고 마음을 열었더니 100억 부자였던 친구, 전기를 고쳐주면서 세상을 살아가는 방법을 알려준 철물점 아저씨 등. 그들이 없었다면 10년 넘는 시간 동안 이 동네에서 살아남지 못했을 것 같다.

청담동에서의 에피소드를 글로 정리하면서 이제 어딜 가도 잘 살아낼 것 같은 자신감이 생겼다. 그게 서울이든 지방이든 뉴욕이든 도쿄든. 청담동에서 배운 마음가짐으로 살아간다면 뿌리내리지 못할 곳은 없을 것 같다.

새로운 환경으로 갑자기 전환된다고 하더라도 나에 대한 벽을 낮추고 새어 들어오는 물들을 잔잔히 맞이하며 살아가려 한다. 물이 모여 샘이 되고 샘이 모여 강이 되듯 그렇게 천천히 내 마음속 그릇을 키우면서.